Gordon Korman

Mon père est un PARRAIN

Traduit de l'anglais par Catherine Gibert

GALLIMARD JEUNESSE

A Alessandra Balzer, ma complice

Titre original : *Son of the Mob*
Édition originale publiée aux États-Unis
par Hyperion, New York, 2002
Illustrations d'Elhadi Yazi
© Gordon Korman, 2002, pour le texte
© Éditions Gallimard Jeunesse, 2005, pour la traduction française

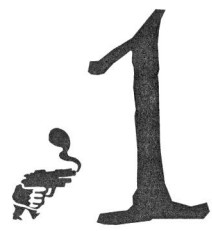

La pire soirée de ma vie ? La première (et dernière) fois que je suis sorti avec Angela O'Bannon. J'explique.
Cinq heures du soir. Alex passe à la maison vérifier si je n'ai rien oublié sur sa liste et je suis déjà stressé. Alex est toujours un peu nerveux quand il vient chez moi. C'est à cause du métier de mon père. Il l'est d'autant plus que Tommy, mon grand frère qui travaille avec papa, est là ce soir. Tommy est d'une humeur exécrable, il tourne en rond comme un lion en cage en maudissant Benny le Furoncle qui était censé venir le chercher pour je ne sais quelle affaire. Charmant !

Cela dit, une fois la porte de ma chambre refermée, Alex se montre plein de calme et d'efficacité.

— Clés de voiture ? braille-t-il.
— O.K.
— Argent ?
— O.K.
— Couverture ?

Ça, c'est pour la plage de Bryce où, si tout va bien, et avec l'aide du bon Dieu, je réussirai à entraîner Angela en fin de soirée.

— Dans le coffre ! Tout se passera comme sur des roulettes.

— Ne fais pas le malin ! rétorque Alex. On parle de mes histoires d'amour, là !

C'est son nouveau truc. Comme il est en plein désert sentimental, il drague par procuration. Sauf que je n'ai pas de vie amoureuse non plus. A moins que ça change ce soir.

Son regard inquisiteur tombe sur le pull plié bien comme il faut au bord de mon lit. Toutes mes fringues ont le même look clean, c'est l'image que maman aimerait que je donne de moi. Pour elle, les apparences comptent beaucoup. Mais vu les circonstances, ça se comprend.

— Vince, ne me dis pas que tu vas mettre ça ?
— Si. Pourquoi ?

Alex se frappe le front.

— C'est de la laine ! Ça gratte ! N'oublie pas que tu l'emmènes voir un film d'horreur ! Elle va s'agripper à toi toute la soirée ! Ce qu'il nous faut, c'est du cent pour cent coton, ou un mélange lin et soie...

Le temps de choisir la tenue idéale et de récapituler les dernières règles en matière de rencard (« Ne prends pas de chili con carne ! Tous nos efforts seraient réduits à néant si tu avais le ventre plein de gaz puants ! »), il est pratiquement six heures. Alex met les voiles et je fonce à la cave faire quelques exercices sur le banc de musculation. Ne vous méprenez pas. Je ne suis pas un obsédé des biceps. Mais quand j'ai un truc qui me trotte dans la tête, j'aime bien ça. Le cerveau se met au ralenti, ses fonctions réduites à une activité microscopique qui consiste à soulever un poids d'un point A à un point B. C'est un peu comme de la thérapie. Sans compter que ça ne pourrait pas me faire de mal d'avoir des épaules ! Tous les Luca sont bâtis comme des armoires à glace. Comment se fait-il que je sois gaulé comme une asperge, surtout avec une mère qui signe les recettes du livre *Comment nourrir une armée tout en ayant des restes* ? J'ai essayé de lui faire admettre que j'avais été adopté. Après tout, n'étais-je pas le seul mâle parmi les Luca à ne pas s'intéresser à l'entreprise familiale ? Mais elle m'a certifié que j'étais tout ce qu'il y a de réglo. Ce dont elle pourrait difficilement qualifier l'entreprise familiale, même si elle refuse de l'admettre.

Bref, je me douche et je pars. De la rue, j'entends mon intarissable frère sonner les cloches à Benny le Furoncle qui a dû finir par se pointer. Ce que j'ignore à ce moment-là, c'est que pendant que je me faisais les muscles, Tommy en a eu marre d'attendre Benny et qu'il a pris ma voiture pour s'occuper seul de leur affaire. C'est pour ça qu'il crie, à cause du lapin que Benny lui a posé.

Les oreilles encore bourdonnantes des conseils d'Alex et des hurlements de mon frère, je passe prendre Angela. Elle est superbe, encore mieux qu'au lycée, maintenant qu'elle s'est un peu maquillée et qu'elle a troqué la chemise et le jean informes qui font quasi office d'uniforme à Jefferson High contre un pull court et un pantalon moulant. On dîne au Coffee Shop, un resto vraiment sympa décoré comme un bistrot d'autrefois. Et je prends du chili con carne. Oui, je sais, Alex m'a prévenu, mais tout se déroule au mieux et plus le temps passe, plus mon assurance grandit : encore une caractéristique Luca. Après tout, je ne suis peut-être pas si adopté que ça. Le repas est délicieux, Angela a l'air de s'intéresser à moi et la conversation roule toute seule. Alex a passé les dernières quarante-huit heures sur des forums internet pour m'abreuver de sujets à aborder au cas où le silence deviendrait trop pesant au cours du dîner.

— On parle de mes histoires d'amour, m'avait rappelé Alex. Je ne peux pas prendre le risque que tu te plantes parce qu'elle pense que tu n'as rien à dire.

— Si tu ne passais pas ton temps à surfer sur le net, peut-être que tu aurais une vie sentimentale, avais-je répliqué.

Un peu plus tard au cinéma, Angela enroulée autour de moi tel un boa constrictor en lycra, je m'en veux un peu. Je ne l'avouerai jamais à Alex, mais c'est tout juste si je me rends compte qu'elle est là. Il faut vraiment être malade pour inventer un scénario comme celui d'*Hécatombe* ! Il y a dix-sept personnages et tous meurent en moins de trente minutes, le tueur compris. Tueur qui, d'après ce que je peux constater,

Chapitre un

est un hybride de vampire et de moissonneuse-batteuse. Je suis justement en train de me dire qu'il ne reste plus grand monde pour finir le film quand déboule un groupe de randonneuses menacé par l'abominable jumeau du tueur. Eh oui, le premier était le gentil héros, ou la gentille moissonneuse-batteuse. A vous de choisir.

En tout cas, le film a dû remplir son office car je n'ai pas plus tôt parlé d'aller à la plage qu'Angela est déjà montée dans la voiture. Avant même que j'aie fini de bégayer : « B-b-ryce. » Je repasserai pour les suppliques interminables, cajoleries et autres négociations auxquelles Alex m'avait préparé.

Toutes ces voitures qui prennent le même chemin m'inquiètent un peu. La plage de Bryce est un des endroits préférés des lycéens de la région. Va-t-on pouvoir trouver un petit coin tranquille ?

— Gare-toi là, indique Angela d'un ton sans appel, en me désignant une place à l'abri entre deux dunes.

Je ne peux m'empêcher de penser qu'elle a déjà mis les pieds ici. C'est une femme d'expérience. Nous descendons de voiture et restons là, sans bouger, nimbés par le clair de lune tandis que les vagues s'écrasent contre la grève et qu'une douce brise murmure à nos oreilles. Vous voyez le tableau... Je suis incapable de décrire ça correctement. Du Luca tout craché. On ne va guère au-delà du grognement chez nous. Bref, les choses sont parfaites, comme si Dieu était intervenu en ma faveur.

Angela m'embrasse, le genre de baiser qui vous fait de l'effet jusque dans les doigts de pied et porte en lui la promesse de tout ce qui va avec.
— Tu n'aurais pas une couverture, par hasard ?
— Tout est prévu pour ton confort, je parviens à dire.
Je ne suis pas trop fier de cette pauvre tentative de charme. Mais, après ce baiser, je suis sidéré que ma bouche fonctionne encore.
J'ouvre le coffre, je me penche et je me pétrifie. Et manque m'étouffer avec mes poumons qui me sont remontés directement dans la gorge. La couverture est bien là, ce n'est pas le problème, mais elle est enroulée autour de je ne sais quel type inconscient ! Pour être franc, je le crois d'abord mort, ce qui n'est pas aussi improbable que ça (se reporter à ce que je vous ai dit de l'entreprise familiale). Mais quand je reprends enfin ma respiration avec un sifflement caverneux qui résonne jusqu'en bas de la plage, un faible geignement s'échappe des lèvres du type.
— J'attends... me taquine Angela d'une voix mutine.
Gagnée par la fraîcheur de la brise marine, elle se tient les bras légèrement serrés autour de la poitrine.
— J'arrive, dis-je, d'une voix enrouée.
Je connais cette personne. C'est James Ratelli, dit Jimmy le Rat. Il tient un bar sordide dans Lower East Side. Il a emprunté de l'argent à mon père pour l'ouvrir.
Mon père ! Tout le monde l'appelle Honnête Abe Luca (en référence à Abraham Lincoln dont c'était le surnom) à la place d'Anthony, car il fait preuve d'une

Chapitre un

très grande rigueur en affaires, aussi illégales soient-elles. Il n'arnaque jamais personne. Ne brise aucune promesse. Sauf une : Honnête Abe semble incapable de tenir parole en ce qui concerne la frontière hermétique censée séparer son boulot de ma vie. Et donc, me voilà coincé sur la plage de Bryce, une Angela O'Bannon chaude bouillante dans les bras, et un Jimmy le Rat à moitié refroidi dans le coffre de ma Mazda.

Et qui plus est, sacrément amoché par mon frère. Tommy a intérêt à me payer le nettoyage de cette couverture, mais je n'ai pas le temps de penser à ce genre de détail pour le moment.

Bien sûr que je n'ai pas la tête aux câlins, mais il faut gagner du temps et je ne vois qu'un moyen d'y parvenir : je me jette sur Angela comme si ma vie en dépendait. Prenant sans doute mon désespoir pour une passion enflammée, elle se met à m'embrasser, je devrais plutôt dire me dévorer. Voilà une stratégie qu'Alex ne penserait jamais à faire figurer sur sa liste.

Je m'en donne à cœur joie comme jamais de ma vie mais sans en profiter parce qu'à deux mètres de là, dans le coffre ouvert de la voiture, Jimmy le Rat ronfle gentiment en pissant le sang sur ma couverture.

C'est le moment de passer à l'action. J'essaye d'entraîner Angela vers la plage mais elle me repousse.

– Va chercher la couverture !

– La plage est très agréable…

– Je n'ai aucune envie de me retrouver avec du sable partout ! s'exclame-t-elle, confirmant ce que je soupçonnais. A savoir que c'est une grande habituée des lieux.

Angela me contourne en sautillant et, avant que je puisse l'arrêter, elle se penche sur le coffre et découvre la couverture avec son locataire actuel.

Inutile de vous décrire le cri. *Hécatombe* était horrible, mais là on est carrément passés à autre chose. Je suppose que de se faire déchiqueter par un vampire-moissonneuse-batteuse n'est rien, comparé à la découverte d'un corps roulé dans votre couverture spéciale bisous.

— Il est mort ! Il est mort ! Oh, mon Dieu, Vince ! Il est mort.

— Mais non, il n'est pas mort.

Et allez savoir pourquoi, le seul truc qui me vient à l'esprit est la réplique des Monty Python dans le sketch du perroquet mort, et j'ajoute :

— Il... il se repose.

Angela m'épargne les questions gênantes. Elle s'assoit directement dans la voiture, les bras croisés, le visage fermé.

— Ramène-moi chez moi, Vince. Tout de suite.

Que puis-je faire ? Je referme le coffre, je me glisse derrière le volant et je mets le contact.

— Je te demande pardon, Angela.

Son silence est encore plus assourdissant que le cri de tout à l'heure.

Et là, je découvre l'embouteillage. Oh, non ! Les flics ont installé un barrage sur la route. Ils fouillent les voitures qui rentrent de la plage, à la recherche d'alcool et

Chapitre un

de drogue. Je n'ai rien de tout ça. En revanche, j'ai un Jimmy le Rat dans un état pitoyable.

J'enclenche la marche arrière, mais entre-temps d'autres voitures sont venues se coller derrière moi. Sans compter que c'est la seule route pour rentrer de Bryce. Point. L'autre échappatoire est de passer par la mer.

J'ai une vision vertigineuse d'Alex, continuant de pointer sa liste :

— *Masque et tuba ?*

— *Masque et tuba ? Pour quoi faire ?*

— *Pour le cas où tu te ferais gauler avec un corps dans le coffre de ta voiture et que tu sois obligé de nager pour sauver ta peau. Ne fais pas le malin, Vince ! On parle de mes histoires d'amour, là !*

Un type, trois voitures plus loin, se fait épingler avec une bouteille de vodka, mais il passe l'alcootest sans problème. Les flics lui remontent les bretelles et confisquent l'alcool, mais ils ne l'arrêtent pas.

Aucune chance que ça m'arrive. Je ne vois pas comment je pourrais me faire confisquer Jimmy le Rat et m'en tirer avec un avertissement. Surtout quand les flics auront lu mon nom sur mon permis de conduire. Les Luca ont une certaine réputation auprès des forces de l'ordre.

— Laisse-moi leur parler, je chuchote à Angela.

Comme s'il y avait quelque chose à dire… Elle hoche la tête, pétrifiée. Cette situation cauchemardesque a au moins le mérite de lui faire oublier sa colère, remplacée maintenant par une peur panique.

Le barrage n'est plus qu'à deux voitures. Puis une. A côté de moi, Angela remue les lèvres. Je parie qu'elle prie. La Nissan devant nous démarre. C'est notre tour. Et là... la main de Dieu.

Le klaxon à fond, une Cadillac folle zigzague en sens inverse à quatre-vingt-dix kilomètres-heure au moins. Soudain, le conducteur freine comme une brute. Les roues se bloquent et la grosse berline part en toupie, ricoche sur le rail de séparation dans une gerbe d'étincelles et s'immobilise après une dernière embardée. Accroché au volant comme à une bouée de sauvetage, Benny le Furoncle me regarde droit dans les yeux à travers le pare-brise étoilé !

Tous les flics enjambent le rail métallique et courent vers le lieu de l'accident.

Je ne vais pas attendre qu'on m'envoie une invite. J'accélère et on décampe. Au moins quinze voitures m'emboîtent le pas.

Je connais le fin mot de l'histoire un peu plus tard. Quand papa découvre que je suis parti retrouver une fille avec Jimmy le Rat dans le coffre de la Mazda, Tommy se prend une engueulade maison. Et se venge sur Benny. Après tout c'est la faute de Benny s'il a été obligé de prendre ma voiture pour aller enguirlander Jimmy le Rat. Et c'est comme ça que Benny a hérité de la responsabilité de me sortir de ce guêpier. A n'importe quel prix. En l'occurrence, une Cadillac.

Dans ma famille, ça fait office de justice.

Chapitre un

Notre évasion palpitante ne change rien à l'attitude glaciale d'Angela à mon égard. Arrivée devant chez elle, elle me dit :

— Si tu promets de ne pas m'appeler, de ne pas m'adresser la parole, de ne pas me regarder quand tu me croises au lycée, alors, peut-être, je dis bien peut-être, j'oublierai ce qu'il y avait dans ton coffre ce soir.

Je hoche la tête tristement.

— Je ne t'ai jamais vue de ma vie.

Et je démarre.

Ça cogne dans le coffre. Jimmy le Rat veut sortir. Je sais que Tommy sera fou de rage, mais je m'arrête pour le libérer. Pour la première fois, je remarque qu'il n'a pas de pantalon et lui laisse la couverture. Je vais même jusqu'à lui filer de la monnaie pour appeler un taxi.

Jimmy considère ma Mazda avec mépris.

— Ces étrangères, ça vaut pas un clou ! Aucune place dans le coffre !

Je me retiens de lui rétorquer : « Tu n'as qu'à t'en prendre à Benny le Furoncle. S'il avait été à l'heure, tu aurais pu te faire massacrer à l'arrière d'une Cadillac, la Rolls en matière de coffre. Ça t'aurait plu ? »

Voilà toute l'histoire, l'autopsie en quelque sorte, si vous me pardonnez l'expression. N'empêche, c'est la bonne. Une autopsie se pratique sur un cadavre. Or rien n'est plus mort que ma relation avec Angela O'Bannon.

D'après Alex, que je retrouve le lendemain, tout est de ma faute.
— Faut voir les choses en face, Vince. Tu as merdé. Tu avais une occasion en or et tu l'as loupée. C'est pas bon pour mes amours, tu sais.
Imaginez ce que ça fait aux miennes.

J'AI À PEU PRÈS QUATRE ANS quand je m'aperçois que ma famille n'est pas comme celle de mes copains de maternelle.
Ce jour-là, maman est en train de me pousser dehors sans ménagement pour me faire prendre le bus de l'école quand je me retourne et lui dis :
— Où est papa ?
— Il dort, Vincent. Tu le verras tout à l'heure quand tu rentreras pour déjeuner.
Je lui montre la rue.
— Mais tous les papas sont partis au travail. Des avec leur voiture et des avec le train, ils sont tous en ville.
Et voici ce qu'elle me répond :
— Ton père est dans les distributeurs automatiques. Il n'a pas les mêmes horaires que tout le monde parce qu'on ne peut jamais prévoir quand un distributeur va tomber en panne.
Ce qui explique les départs précipités de papa à deux heures du matin pour affaire urgente. A l'époque, je croyais dur comme fer qu'un distributeur de boissons

17

fraîches en panne je ne sais où obligeait mon père à partir séance tenante pour le réparer. Mais j'avais quatre ans !

La société de papa s'appelle Distributeurs Frères, Inc. J'ai toujours trouvé ça bizarre dans la mesure où il est fils unique. Cela étant, s'il n'a pas de frères, papa a toujours été entouré d'une ribambelle d'oncles. J'ai fait la liste une fois. Arrivé à soixante, j'ai déclaré forfait. Et ils ont de ces noms ! J'ai un oncle Doigts, un oncle Gerbe, un oncle Surin, un oncle Biffeton, un oncle Pampers, un oncle Sortie. J'ai deux oncles Tarin : Gros Tarin et Zéro Tarin. J'ai même un oncle Oncle. Tout le monde l'appelle comme ça, sauf ses vrais neveux qui lui disent : Super-Caisse.

J'ai sept ans. Une nuit où je me lève pour aller boire un verre d'eau, je découvre des serviettes de toilette tachées de sang au fond de la baignoire. Mort de trouille, je fonce dans la chambre de mes parents, où la lumière est allumée car il s'y déroule une opération chirurgicale impromptue. Du film plastique recouvre tout. Mon oncle Rougeaud est allongé à plat ventre sur le lit et il geint à fendre l'âme. Mon père est assis à califourchon sur lui, histoire de l'empêcher de bouger, et ma mère le charcute avec une pince à épiler.

– Ah ! s'exclame-t-elle en retirant un petit truc informe plein de sang.

Oncle Rougeaud hurle comme un goret.

– La ferme, Rougeaud ! lui ordonne mon père. Si tu réveilles les gosses, la prochaine est pour ta tête.

Chapitre deux

Ils m'affirment tous qu'il s'agit d'un calcul rénal, mais je n'y crois pas.

Ma maîtresse, Mme Metzger, confirme mes soupçons : les calculs rénaux ne sortent pas par la fesse.

Les bizarreries commencent à s'accumuler. Les soudaines « classes vertes » auxquelles je suis le seul de ma classe à participer. Et où un jour, au goûter, je découvre une boîte de diamants dans mon paquet de pop-corn. Les autres s'amusent comme des fous, et moi je reste au chalet sans toucher à mon « goûter », terrifié à l'idée d'ouvrir quoi que ce soit. Après cette mésaventure, je passe entre les mains d'un psychologue pour cause de fixette sur la nourriture.

De retour à l'école, je constate qu'aucun gosse n'a participé à une classe verte. Tout le monde croit que j'ai manqué la classe à cause d'une angine.

Papa m'explique qu'en mon absence une équipe de nettoyage est venue faire le ménage chez nous, et que ça l'a obligé à se débarrasser du pop-corn parce que c'est salissant. Ces nettoyeurs étaient sans doute archinuls pour éventrer tous mes nounours !

Ce genre de choses.

A l'époque, Tommy m'avait déjà dit que papa « faisait partie du Milieu ». Mais à l'âge que j'avais, ça voulait juste dire qu'il était au centre de tout. Et quel père marrant ! Au contraire des oncles qui zappent totalement leurs gosses, il a toujours un moment à nous consacrer, à Tommy, à Mira, notre grande sœur, et à moi. Il nous taquine, nous raconte des blagues super drôles et nous couvre de cadeaux. Et puis, il y a ces petits rituels rigolos. Tous les soirs avant d'éteindre les lumières, papa s'adresse à un lustre, il lui dit par exemple : « Excellente nuit, agent Noix-Givrées. » Ou bien, il crie dans le garage : « On dîne dehors, si vous n'y voyez pas d'inconvénient, agent Petit-Zizi. Je vous rapporte quelque chose ? »

Quand j'étais gosse, je croyais que c'était pour rire. Ça n'est qu'aujourd'hui, des années après, que j'ai compris que papa parlait à de vraies personnes. Des agents du FBI, en l'occurrence. Notre maison était — elle l'est toujours — en permanence sur écoute.

Je ne suis pas près d'oublier le jour où ça a fait tilt. Le moindre rot, le moindre passage aux toilettes était écouté et, pire, enregistré sur bandes magnétiques. *Home sweet home !*

Au moins maintenant, je sais pourquoi papa a piqué cette crise le jour où j'ai ouvert par erreur une valise remplie de titres au porteur.

— C'est quoi, ça, papa ? On dirait de l'argent.

Ce père qui n'était jamais allé plus loin qu'une tape sur le derrière en matière de brutalité me plaque la main sur la bouche avec la fermeté d'un grand requin blanc.

— C'est de l'argent factice, Vince. Comme au Monopoly.

En punition, oncle Cosimo qui avait la responsabilité de la valise tond notre pelouse trois étés de suite.

Chapitre deux

Vous rendez-vous compte de la pression que ça fait peser sur un lycéen ? Le moindre mot de travers et on peut envoyer son père en prison.

Un autre jour, je coince maman dans la buanderie, où le bruit de la machine à laver couvre notre conversation :

— Je sais ce que fait papa.

Maman hoche la tête.

— Il subvient magnifiquement à nos besoins. Dieu merci, les distributeurs sont un secteur très rentable.

— Arrête, maman ! Ne me prends pas pour un imbécile. Je sais qu'il fait partie de la Mafia.

Maman me regarde, horrifiée.

— Mais qu'est-ce que tu racontes ?

— Allez, maman. Je sais que tu sais !

Je dois lui rendre justice. Elle n'a jamais changé sa position d'un iota. Ou alors ma pauvre mère est tellement bête qu'elle a vraiment cru, il y a dix ans, qu'oncle Rougeaud avait recraché un calcul rénal par un trou sanguinolent dans la fesse gauche. C'est méchant de dire ça de sa mère, mais il faut penser à l'hérédité. Après tout, il doit bien y avoir une explication pour Tommy. Et puis, en fac, Mira a étudié les sciences de la communication, pas l'astrophysique.

Ma mère est ce genre de femme capable de faire à dîner pour quinze personnes à quatre heures du matin en ayant été prévenue seulement dix minutes à l'avance. La cave est bourrée de congélateurs regorgeant de nourriture au cas où la chorale mormone du Tabernacle au grand complet débarquerait à la maison dans l'état où elle adore voir ses hôtes : affamés. Maman fait divinement bien la cuisine, même si on peut lui reprocher d'être un peu lourde. Pas seulement pour l'estomac. Essayez un peu de soulever un de ses Tupperware de lasagnes ! Ils pèsent deux fois plus que les autres.

Si elle réussit tellement bien les cassolettes de tripes, c'est qu'elle en a aussi ! Je me souviens d'un type, un certain Angelo, un jeune loup de l'équipe d'oncle Surin, qui en avait après Tommy. Ça se passait juste après que Tommy a quitté l'école pour travailler avec papa, il devait avoir à peu près mon âge, et il n'était pas aussi vachard que le Tommy actuel, style mets-moi-Jimmy-le-Rat-dans-le-coffre-de-la-voiture.

Papa refuse catégoriquement d'intervenir en sa faveur.

— Si je m'en mêle, tu ne te feras jamais respecter, lui explique-t-il.

Mais Tommy continue à se faire marcher sur les pieds. Quelques semaines plus tard, oncle Surin et ses gars viennent dîner à la maison et maman demande à Angelo de venir « l'aider » en cuisine. Ils sont seuls, quand soudain Angelo pousse un cri abominable. Il quitte la maison à toute blinde et on commande de la bouffe chinoise — événement aussi rare qu'un feu d'artifice.

— Je croyais qu'on avait de la tourte au poulet ce soir, dis-je.

Chapitre deux

— La tourte est totalement hors-service, répond maman.

Je n'insiste pas. « Totalement hors-service » est son expression pour désigner les choses qui sont parties, finies, et qu'on ne reverra jamais plus sur cette terre. Cela dit, dans le cas de la tourte, je la revois : elle est dans la poubelle, avec son plat. Une empreinte parfaite de main découpée dans la croûte. Coïncidence, Angelo a la main bandée pendant six semaines. Brûlures au deuxième degré.

On n'évoque jamais l'incident à la maison mais, à compter de ce jour, j'ai su que le cœur d'or de maman va de pair avec des tripes solides. Et si la cuisine est son mode de communication, elle peut également être son message. Dès que ça touche à la famille, personne ne se frotte à ma mère, pas même son puissant mari.

Angelo n'a plus jamais cherché de noises à Tommy. Quelques mois plus tard, on ne l'a plus vu avec oncle Surin et sa bande. Il aurait déménagé dans l'Ouest.

Alex qui, en présence de mon père, de Tommy ou de n'importe quel oncle, est pétrifié, a toujours des milliards de choses à raconter quand on est seuls :

— Non mais tu ne regardes jamais de films sur la Mafia ? Tu as idée des nanas avec qui ces mecs sortent ? Je te défie de me montrer un gangster avec une fille moche.

Traiter Alex de monomaniaque serait faire insulte aux monomaniaques.

— Tu es comme qui dirait un dauphin de la Mafia, insiste-t-il. Il doit bien y avoir un moyen de t'en servir pour dégotter des filles !

— Jamais de la vie ! Je me suis expliqué avec mon père là-dessus, et il connaît exactement mon point de vue sur la question.

Alex me regarde, un rien intimidé.

— Ah bon ? Qu'est-ce qu'il a dit ?

Ça s'est passé il y a un peu moins d'un an. Au début, papa ne dit rien et ce n'est pas à cause de l'agent Mords-Moi, la dernière oreille indiscrète du FBI. On est à la cave, dans l'atelier de mon père, la seule pièce de la maison garantie sûre. Les murs et le sol en béton n'offrent pratiquement aucune cache pour un micro. En tant qu'apprenti mafieux, c'est Tommy qui est chargé de vérifier deux fois par jour qu'aucune machine et qu'aucun outil n'ont été équipés par le FBI. Ça inclut le banc de musculation et l'établi pour le bois. Nombre de réunions se tiennent ici et autant d'oncles se rendent à la cave.

Papa me fait asseoir sur une chaise bancale qui vacille dangereusement sur le sol. Comment se fait-il que la famille Luca, qui ne manque de rien, possède un truc aussi pourri dans son intérieur distingué ? Parce que c'est une œuvre réalisée par Anthony Luca. Pendant des années, papa a évoqué l'idée de travailler moins, de revoir à la baisse son engagement quotidien dans les affaires, de s'arrêter pour respirer le parfum des roses et bla bla bla et bla bla bla. Le décès récent

Chapitre deux

d'oncle Sal (je me demande s'il n'y est pas pour quelque chose) a rappelé à papa que la vie était courte.
Bref, il s'est mis à travailler le bois pour se détendre. Se jetant dans cette nouvelle activité avec la même détermination qui caractérise tout ce qu'il entreprend. Et il est probablement le menuisier le plus nul de la planète.
Mais il l'ignore. Il s'appelle Anthony Luca. Qui se risquerait à le lui dire ? J'ai vu des mafieux de la région parmi les plus durs pousser des oh ! et des ah ! devant un porte-serviette qu'on aurait bien vu moisir des années chez un soldeur.
— Alors comme ça, les distributeurs automatiques ne t'intéressent pas, commence-t-il.
Je m'apprête à le contrer et puis je me dis : à quoi bon ? On sait tous les deux de quoi on parle.
— Effectivement, je trouve les distributeurs un peu durs à mon goût.
Papa pousse un soupir. Il connaît mon opinion négative sur son métier, mais j'ai l'impression qu'il a toujours espéré que ça me passerait avec l'âge. Comme si se conformer aux lois était une phase idiote par laquelle certains gosses dégénérés devaient passer, au même titre que fumer le cigare ou faire de la moto.
— Chaque homme a le droit de choisir son destin, reconnaît papa. Maintenant qu'on sait ce que tu ne veux pas, dis-moi donc ce que tu veux.
J'ai un blanc. Ça le fait sourire, on dirait qu'il s'y attendait.

25

— Quand j'avais ton âge, Vince, on n'avait rien. Ça a fait de moi le type le plus motivé de la terre pour m'en sortir et surpasser mon père. Toi, c'est différent. Tu as tout : belle maison, tout le monde aux petits soins, nouvelle voiture...

A l'époque, je conduisais une Porsche (mon cadeau d'anniversaire pour mes seize ans) jusqu'à ce que les flics viennent la reprendre pour la rendre au type à qui elle appartenait vraiment.

— J'ai de l'ambition, dis-je en lui coupant la parole. C'est juste que je ne sais pas encore pour quoi exactement.

— Pour un gosse qui a du bagout, le droit est une carrière intéressante, propose-t-il. On n'a jamais trop d'avocats.

— Tu as déjà Mel.

C'est le mari de Mira. Il vient de commencer à travailler pour papa.

Mon père hausse les épaules.

— Mel est mon gendre. Tu es mon fils.

— Tu n'as pas compris. Je ne veux pas être dedans, point final. Je refuse que les « distributeurs » touchent de près ou de loin à ma vie.

Ça semble l'amuser.

— Trop tard. Crois-tu qu'on pourrait vivre comme on le fait si je travaillais dans un autre secteur ? Tu es déjà dedans, Vince. Jusqu'aux vêtements que tu portes, à la nourriture que tu manges, à ton argent de poche... Je comprends ce que tu veux dire. Si ce que je fais ne t'intéresse pas, tant pis. Mais tu as dix-sept ans. Il est temps de te motiver pour quelque chose.

Du papa tout craché : raisonnable, sensé, positif. Les personnes qui le croisent en dehors du boulot ont du mal à croire que cet homme distingué, mesuré, puisse être ce qu'il est. Ça ne devient évident qu'en voyant les oncles marcher sur la pointe des pieds en sa présence, ou les gens se figer en entendant son nom, ou le remue-ménage immédiat qu'engendre la moindre de ses requêtes. C'est seulement dans ces moments-là que je réalise que ce type formidable que j'appelle papa dirige une organisation criminelle qui fonctionne par la violence et l'intimidation. Et je ne veux rien avoir à faire avec tout cela.

Le truc drôle, c'est que, pour un parrain de la Mafia, mon père est considéré comme l'homme le plus moral et le plus fiable de la planète. Il ne vole pas son surnom d'Honnête Abe Luca. Cela dit, je doute que notre seizième président, Abraham Lincoln, apprécierait la comparaison.

Tommy dit que, d'après la rumeur, quand on traite avec Anthony Luca on ne se fait jamais arnaquer. A l'inverse, si on arnaque Anthony Luca, on ne traite plus jamais avec personne, nulle part. Pas dans cette vie.

Dans ce type de boulot, la rumeur est très importante, surtout pour un type comme mon père que personne ne connaît en dehors de son cercle restreint. C'est l'homme qui se fait le plus discret possible. La

27

plupart des jeunes du lycée ne se doutent pas que ma famille fait partie du Milieu. La seule fois où papa a fait la une des journaux, c'est à l'occasion du meurtre de Mario Calabrese en 1993, lors de la fameuse guerre des gangs. Les flics sont persuadés que c'est papa qui a donné l'ordre de le tuer, seulement ils n'ont jamais réussi à le prouver. Ils se contentent de supposer que c'est lui parce que, une fois Calabrese disparu du paysage, papa a pu devenir le roi des distributeurs de la ville de New York. Mais il n'a jamais dit un mot là-dessus, même à Tommy, qui est pourtant entré dans le business peu après.

Tommy n'a pas mis bien longtemps à se faire une réputation diamétralement opposée à celle de papa. Tommy parle fort, il est grossier, brutal, et il a un caractère explosif. Si on sonne chez vous, c'est le dernier type que vous avez envie de voir sur le pas de votre porte, à part peut-être oncle Pampers.

Tommy montre un enthousiasme débordant pour son boulot. Sans doute trop, vous dirait Jimmy le Rat. Ce qui a conduit mon père à faire venir un de ses meilleurs espoirs pour lui servir de coéquipier. Garde-chiourme serait plus juste.

Avant ça, Ray Francione était chargé du « recouvrement de dettes » sur la côte nord de Long Island. Si ça le chagrine d'avoir été rétrogradé au poste de nounou d'une tête brûlée, il n'en montre rien.

Il ne fait pas partie des oncles. Je suppose que d'un point de vue technique, il compte comme un cousin,

Chapitre deux

bien que nous ne soyons pas parents. Je ne suis pas loin de le regretter. De tous les types qui travaillent pour papa, c'est celui que je préfère. Il est tellement formidable qu'il m'arrive de temps à autre de m'obliger à me rappeler que c'est un voyou.

Quand je me fais arrêter parce qu'il se trouve que le cadeau d'anniversaire de mes seize ans est une voiture volée, les oncles trouvent ça proprement désopilant. Tommy est à fond pour me laisser moisir une nuit en taule. Les mafieux n'ont pas l'air de se rendre compte qu'il existe un autre monde en dehors du leur et que ce dernier n'a rien à voir avec le Milieu. Sauf Ray. Si les oncles me considèrent comme une espèce de monstre exotique sous prétexte que je laisse passer la chance de travailler avec mon père, Ray ne me juge pas.

A votre avis, qui a payé ma caution et m'a raccompagné à la maison ce fameux soir ? Tandis que Tommy et les oncles se comportent comme si c'était le train-train de se faire embarquer menotté par les flics, Ray compatit sincèrement à l'horrible expérience que j'ai vécue.

Même papa n'a pas l'air de prendre ma mésaventure à la catastrophe.

— T'en fais pas, Vince. On te trouvera une autre voiture.

Je dicte ma loi. Plus de voitures volées, je m'achèterai ma voiture moi-même avec mon argent. Ils ne me hurlent pas vraiment dessus. Ils me regardent juste comme si je leur proposais de faire rôtir maman à la broche.

— Mais enfin, Vince ! proteste Tommy, tu as une idée de la caisse merdique que tu vas pouvoir t'offrir ?

— Possible. Mais elle sera à moi. Et personne ne pourra venir me la reprendre sous prétexte qu'elle est volée.

Ray soutient ma cause, même devant papa. Je ne connais pas grand monde qui ait ce cran-là. Et une semaine plus tard, il trouve un copain d'un copain d'un copain qui a justement une Mazda qui n'affiche que soixante mille kilomètres au compteur.

Je suis si fier de moi.

— Je n'arrive pas à croire que je l'ai eue pour trois mille dollars.

— Tu ne l'as pas eue pour ce prix-là, dit Ray. Écoute, je ne t'ai rien dit, mais ton père m'a filé quelques biffetons pour que tu te dégottes quelque chose de décent.

J'explose. Pauvre Ray ! Ce n'est déjà pas la joie d'avoir affaire à Tommy, voilà que le cadet d'Anthony Luca se déchaîne contre lui.

Mais il est patient.

— Prends le fric. C'est ton père, laisse-le t'aider.

— Je refuse de toucher à de l'argent qui vient de son business.

Ray me regarde droit dans les yeux.

— Toute ta vie est payée par le business de ton père. Les fringues que tu as sur le dos, le lit où tu dors, l'excellente cuisine de ta mère. Le business de ton père

Chapitre deux

est ce qui te permet de te payer le luxe aujourd'hui de le mépriser. Alors, comme on dit dans le business de ton père, oublie.

Évidemment, j'achète la voiture.

Mon père a toujours un petit sourire quand il aperçoit ma Mazda, même si elle est bien ordinaire, comparée au défilé de limousines, de BMW et autres Mercedes qui entrent et sortent de chez nous. Ray prétend que papa continue de désapprouver la façon dont je me la suis procurée, c'est-à-dire légalement.

Mais peut-être que ça lui plaît, d'avoir un fils qui fait des choses qu'il n'apprécie pas.

Quand Alex se met à vous tarabuster pour quelque chose, il vaut mieux s'écraser et se conformer à ses desiderata. Ça épargne bien des soucis. Car, quoi qu'il arrive, on finit par obtempérer, ne serait-ce que pour ne plus l'entendre.

Ce qui explique qu'en ce mois de septembre nous jouions au football américain. Pas par esprit de compétition, ni pour la gloire, ni par amour du jeu, mais parce que « les nanas sont incapables de résister aux épaules rembourrées ».

De tous les plans farfelus d'Alex pour atteindre à son sacré Graal, c'est de loin le plus farfelu.

Les épreuves de sélection de foot ressemblent à de l'entraînement de marines. Qu'il faille passer des centaines d'heures à sauter jambes écartées pour se préparer à un jeu qui se déroule par phases de cinq secondes d'activité frénétique restera à jamais un mystère pour moi. Mais, après trois vagues de sélections, nous sommes toujours en lice. Demi-offensif de quatrième ligne, je me débrouille pour me démarquer. Et, tout maigrichon qu'il est, Alex est plutôt bon botteur. Nous sommes de fiers joueurs rembourrés des épaules de l'équipe des Jaguars de Jefferson.

— J'ai entendu dire que les fêtes de footeux sont démentes ! me dit Alex plein d'enthousiasme.

Soit il n'y a pas de fêtes de footeux, soit les joueurs remplaçants n'y sont pas conviés. Jusqu'à présent, nos sorties se limitent toujours à nous deux.

L'entraînement prend des heures. Avant le match d'ouverture, on a deux séances par jour : une heure le matin pour faire circuler le sang et une heure et demie de marathon après les cours.

— Tiens bon. Tu seras récompensé. Je le sais. Je le sens, promet Alex.

— Tout ce que je sens, c'est la transpiration, dis-je avec aigreur. On est debout à l'aube. On ne rentre pas avant l'heure du dîner. Ce qui se traduit chez moi par deux heures de gavage intensif. Après quoi, il faut encore faire les devoirs. Toutes les filles du comté de Nassau pourraient en vouloir à mon corps fourbu, je n'aurais pas une minute à leur consacrer.

Alex hausse les épaules.

— Les autres mecs y arrivent bien.

— Les autres mecs ont choisi « vannerie ». Je te signale qu'on a des vrais cours, les examens d'entrée à la fac à préparer. Et ce cursus Nouveaux Médias... Dire que je me suis inscrit parce que je pensais qu'il suffisait de regarder la télé. En fait, il n'y en a que pour Internet ! Et en plus, il faut concevoir un site !

Chapitre trois

— Je sais. Moi aussi, ça me travaille, approuve Alex. Tu as vu les nases qu'il y a dans le cours ? Les filles pourraient se tromper sur notre compte.

— On n'aura qu'à mettre nos rembourrages d'épaules, dis-je ironiquement. Elles n'y verront que du feu.

Le premier match se déroule samedi à domicile. C'est la première occasion pour Alex de voir à quoi ressemblent les pom-pom girls, et donc il rate l'échauffement. L'entraîneur, M. Bronsky, le met sur le banc de touche. Comme j'y suis déjà, nous regardons ensemble d'autres types vivre cette expérience essentielle à tout lycéen américain. C'est dingue comme de faire du foot a changé notre existence !

Notre équipe joue contre les Lions de Central High à Valley Stream. Aucune des deux équipes n'a de talent, et ça se voit. Le match est à mourir d'ennui, tout ça pour finir sans doute par un zéro à zéro à la mi-temps. Sans blague, même les pom-pom girls sont apathiques. J'en vois dans les gradins qui ouvrent leur journal. C'est lamentable.

L'entraîneur fait des pieds et des mains pour qu'on soit un peu plus offensifs. Et arrive à ses fins, réduit à grappiller des miettes, quand je me fais vaguement taper sur un de ces rembourrages d'épaules qui me rendent si irrésistible auprès des femmes.

C'est un dégagement du joueur de ligne offensif de droite et, à la seconde où je touche le ballon, je sais que le jeu ne mène nulle part. Les bloqueurs ne m'ont pas dégagé un pouce d'espace. Il ne me reste plus qu'à foncer

35

droit dans un tas de derrières rebondis, ceux de l'équipe adverse et les nôtres. Et donc me voilà, entouré de cinq défenseurs des Lions, et je m'attends à me faire massacrer à tout moment. Mais ça n'arrive pas. Peut-être n'ont-ils pas réalisé que j'avais le ballon. Je charge dans le tas et toujours aucune main pour m'agripper. Finalement, quelqu'un m'attrape le maillot par-derrière et tire un peu dessus. Ce n'est pas un plaquage à proprement parler, mais je démarre néanmoins, et me voilà parti. Je gagne huit yards de terrain, ce qui constitue la plus belle offensive du match, toutes équipes confondues.

L'entraîneur me laisse sur le terrain. Quelqu'un me fait une passe courte. Au moment de récupérer le ballon, j'avise un joueur du deuxième rideau défensif des Lions juste à côté de moi, prêt à m'aplatir au sol. Le visage du type me rappelle vaguement quelqu'un, mais je ne vois pas qui. Et quand je me retourne, il est loin ! Je commence à gagner du terrain. Où est passée l'équipe adverse ? Ce qu'il y a de sûr, c'est qu'elle n'est pas en face de moi. A chaque seconde de cette course effrénée de quarante yards pour m'aplatir au sol, je m'attends à me faire alpaguer brutalement par-derrière. Il ne se passe rien.

Soudain, nos supporters endormis se déchaînent. Les pom-pom girls tendent le cou pour déchiffrer le nom sur mon maillot et me lancent des cris d'encouragement. A l'évidence, elles ont besoin de lunettes, car voici ce que j'entends :

— Vas-y, Lucy ! Vas-y ! Pom ! Pom !

Chapitre trois

Au moment où je reviens en petite foulée vers le banc de touche, un type me file une tape sur le cul pour me féliciter. C'est le joueur du deuxième rideau défensif de tout à l'heure, celui qui ne m'a pas plaqué.

— Salut, Vince, me dit-il. Tu te souviens de moi ? On s'est vus au mariage d'Enza.

Voilà d'où je le connais ! Johnny quelque chose. Son père est Rafael, un gars de l'équipe d'oncle Oncle, quelque part du côté de l'aéroport Kennedy. Évidemment qu'on était au mariage de sa cousine. Grâce à son statut de dieu vivant, mon père est invité à tous les baptêmes, tous les bals de débutantes, toutes les bar-mitsva. Comme je vous le dis. De nos jours, aucune barrière culturelle n'arrête les distributeurs automatiques.

Alex a presque l'air de m'en vouloir.

— Pourquoi tu ne m'as pas dit que tu touchais au foot ?

Je me défends :

— Honnêtement, c'était du bol.

Notre équipe récupère à nouveau le ballon et devinez qui on envoie arracher quelques yards supplémentaires ? En reprenant ma place, je m'aperçois que les défenseurs des Lions me regardent avec terreur. Ça me trouble un peu, mais ça n'est pas désagréable. Voilà à quoi ça ressemble d'être une star du sport. Et je commence à peine ! Possible que j'aie le don.

Et là, je l'entends, à peine un murmure qui vient de derrière la ligne de défense : « C'est lui. Le fils Luca. »

Je suis effondré. Superstar. Don inné. Ben voyons !

37

Aucun de ces types ne posera la main sur moi pour la bonne raison que Johnny est allé leur raconter qui était mon père. Ils se disent que s'ils me plaquent et que je me blesse, mon père enverra oncle Pampers leur rendre une petite visite.

A chaque engagement, je récupère le ballon. Des dizaines de bras se tendent vers moi, mais aucun ne me touche. La honte ! Je finis par laisser tomber par terre au moment où je me dis que quelqu'un aurait dû me plaquer. Mais on ne peut pas jouer attaquant et défenseur en même temps. Dans les deux secondes qui suivent, je bénéficie d'un autre essai.

De retour sur le banc de touche, je fulmine. De toutes les manières dont les affaires de mon père bousillent ma vie, celle-ci est la plus insidieuse. Il n'est pas sur le stade. Je m'étais fait fort de ne pas parler de foot à la maison. Et pourtant, mon père est aussi sûrement là que s'il était assis au premier rang, en train de menacer tout le monde.

C'est fou, ça ! Il s'en ficherait que je me fasse plaquer. Il n'en voudrait à personne que je me fasse mal. C'est comme si son absence parlait plus fort que sa présence. Ce n'est pas directement sa faute, et pourtant ça l'est quand même. S'il était avocat, flic ou prof comme les autres pères, je pourrais me faire plaquer.

A cause de ce que je suis, je ne peux même pas jouer au foot. Je mets de côté le fait que je n'avais pas très envie d'y jouer, de toute façon, et décide de le prendre très mal.

Chapitre trois

Quand le ballon nous revient la fois d'après, je vais trouver l'entraîneur.
— Monsieur Bronsky, je ne veux pas jouer les prochaines séries.

Il me regarde, ahuri, n'en croyant pas ses oreilles.
— Tu n'en fais qu'une bouchée, Luca.
— Je ne peux pas vous expliquer pourquoi, monsieur Bronsky, mais il faut que vous me laissiez sur le banc de touche.
— Compte là-dessus ! rugit-il. Dépêche-toi de retourner sur le terrain !

Que puis-je faire ? Je quitte l'équipe.

Alex me jette le même regard que si j'avais passé mon tour aux championnats du monde de poker avec une quinte *flush* dans les mains.
— Je te raconterai plus tard.

Et je file aux vestiaires.

— Hé ! Vincent ! Attends !

Je me retourne.
— C'est Vince.

J'ai déjà croisé cette fille au lycée. Blonde, jolie silhouette. Plutôt mignonne.
— Je m'appelle Kendra. Kendra Morloy. Je fais un papier sur le match pour le *Jefferson Journal*.

A la maison, vous vous en doutez, les journalistes ont quasi la même cote que les flics. Dans le business des distributeurs automatiques, le secret est essentiel. D'un autre côté, je ne suis pas sûr que ça

39

soit aussi valable pour le canard du lycée parce que personne ne le lit.

— Tu es en train de rater le match, je lui fais remarquer.

— Je pense que le sujet est plutôt ton départ, dit-elle très sérieusement. Tu veux en parler ?

— Sûrement pas.

Ça ne la décourage pas.

— Tu as eu des mots avec l'entraîneur ?

— Pas vraiment.

— Pourtant, c'est ce que j'ai vu et ça sera dans le journal. A moins que tu n'aies envie de raconter ta version.

J'entre dans les vestiaires. Elle me suit.

— Qui peut avoir envie de lire un papier sur un demi-offensif de quatrième ligne ?

A son regard vide, je comprends qu'elle ne sait pas ce que c'est qu'un demi-offensif de quatrième ligne. Probable qu'elle confonde foot et base-ball. Il y a quelques années, Alex avait essayé d'écrire pour le *Jefferson Journal*. Comme premier sujet, on lui avait demandé de couvrir une exposition canine. Le pauvre est tellement allergique aux poils qu'il ne pouvait même pas respirer. Peut-être est-ce une forme de bizutage pour nouveaux journalistes que de les mettre sur un coup dont ils n'ont pas la moindre chance de se sortir.

— Tu ne connais rien au foot. Alors tu as décidé d'écrire un papier sur le mec qui quitte l'équipe, dis-je, accusateur.

Chapitre trois

Son expression reste dure, mais un léger fard commence à poindre sous son col et à remonter le long de son cou jusqu'aux joues. Je ne sais pas trop pourquoi mais une réflexion de ma mère me revient subitement à l'esprit : « Le problème avec les jeunes filles d'aujourd'hui, c'est qu'elles ne rougissent plus. » Je me fais un petit pense-bête mental pour ne pas oublier de lui dire qu'elle a tort.

Puis j'ajoute :
— Maintenant, il faut que je me change.

Je la regarderais bien passer du rose au rouge cramoisi, mais elle a quitté les lieux avant que j'aie cette chance.

4

Mes profs n'ont rien en commun avec mon père, si ce n'est une chose : ils s'accordent tous à dire que je ne travaille pas assez. « Vincent a les capacités d'un excellent élève mais il ne s'en donne pas la peine. » Cette phrase figure sur tous mes bulletins de notes depuis la maternelle. Ce qui explique que le jour où papa me fait son speech sur la motivation, il n'est que le dernier interprète d'une chanson que j'ai entendue quasiment toute ma vie. Les profs : « Motivez-vous pour les études. » Papa : « Motive-toi pour l'avenir. » Maman : « Motive-toi pour la famille. » Alex : « Motive-toi pour les filles. »

Que puis-je dire ? La motivation n'est pas mon truc. Des tas de terminales passent leurs week-ends à remplir des dossiers d'inscription pour des facs, tablant sur telle grande université, avec possibilité de deuxième choix, et solution de repli sur une grande école, alors que je ne m'en occupe pas. Et pas parce que j'ai mieux à faire. Dieu sait que j'ai raccroché mes rembourrages d'épaules. C'est juste que ça ne m'intéresse pas.

Ça rend mon père complètement dingue.
— Quand je pense que tu pourrais être le premier Luca à entrer à l'université.
Il ne dit jamais fac. La fac, c'est là où Mira a fait ses études. Harvard, Yale, voilà des universités. Dans mon for intérieur, je me dis qu'il ferait mieux de ne pas trop y compter. Ma seule façon d'entrer à Harvard serait qu'il envoie un des oncles tailler une petite bavette avec le directeur des admissions. Je ne suis pas du style meilleur élève de la classe, en tout cas pas depuis le CM1, l'année où le meurtre de Calabrese faisait la une des journaux. A l'époque, certains profs avaient fait le rapprochement et compris que j'étais de la famille du suspect numéro un. Je me rappelle une prof de dessin en particulier. Un jour, papa est venu me chercher pour m'emmener chez le dentiste et la prof a avalé de l'argile. Elle était en train de nous expliquer comment faire des anses en poterie et elle a tellement paniqué qu'elle s'est fourré un bout d'argile dans la bouche comme si c'était un carré de chocolat. Pour rien au monde elle ne l'aurait recraché devant lui, alors elle l'a avalé. Elle est restée absente pendant deux jours, pour cause de « virus intestinal ».

Mais plus personne ne se souvient du meurtre de Calabrese. Et, même s'ils s'en souviennent, les profs ont oublié le nom du type que les flics voulaient épingler. Heureusement ! Ce n'est déjà pas facile de vivre chez les Luca, si en plus il fallait avoir la télé qui campe devant la maison...

Chapitre quatre

Cela dit, j'aimerais bien retrouver un peu de cette ancienne notoriété pour mon cours Nouveaux Médias. M. Mullinicks est le prof le plus dur de tout le lycée. Je ne sais pas au juste s'il est au courant pour ma famille, mais je doute que ça change grand-chose pour lui. Il me saquerait pareil. Il saquerait Al Capone lui-même, avec en prime un billet pour une classe d'été. Et si Al Capone faisait des histoires, M. Mullinicks lui sortirait sa phrase fétiche : « C'est votre problème. »

— Sur quel sujet on conçoit notre site ? demande une fille au premier rang.

— C'est votre problème. La seule chose, c'est que votre site ne doit pas être pornographique ou inciter à renverser le gouvernement, lui répond M. Mullinicks. C'est votre problème d'inscrire votre site sur les différents moteurs de recherche de façon à générer un maximum de trafic. Votre note sera basée sur un seul critère : le nombre de connexions obtenues en fin de semestre.

Alex lève le doigt.

— Et si jamais on fait un super beau site et que personne ne tombe dessus ?

— C'est votre problème, lui assène le prof. Si un arbre tombe dans la forêt et qu'il n'y a personne pour l'entendre, est-ce que ça fait du bruit ? Le but de ce cours n'est pas d'avoir un bel arbre mais de faire un maximum de bruit. Le défi de l'Internet, c'est d'atteindre de nouveaux consommateurs dans un marché de plus en plus saturé. (Il nous jette un regard noir.)

45

Et ce n'est pas la peine de demander à votre grand-mère de se connecter jour et nuit. Il me faut des centaines de connexions. La façon dont vous y parviendrez, c'est votre problème.

— Ça doit être sympa d'être Mullinicks, dis-je à Alex en sortant du cours. Rien n'est jamais son problème. J'adorerais refiler les miens à quelqu'un d'autre et avoir une vie peinarde.

Alex n'écoute pas ce que je dis.

— Qu'est-ce que tu mets ce soir ?

Il parle de la fête d'Alfie Heller à New York. Alfie était à Jefferson High l'an passé. Maintenant, il est en première année à New York University et il a invité toute la classe à la super fête de son association d'étudiants, du moins ses copains, ce qui signifie en gros tout le monde.

Au lycée, on ne parle que de ça. Aller à une fête d'étudiants est le rêve de tout lycéen. N'importe qui d'à peu près normal paniquerait. Mais pas un concentré de testostérone comme Alex qui vibre telle une corde de guitare.

— Des fringues, je lui réponds. Ce qui me tombera sous la main. Cette fête est censée être une partie de plaisir. N'en fais pas une partie d'échecs.

— Il y aura des étudiantes, Vince ! Faut pas jouer les malins avec ça.

— Tu as raison. Ne laissons pas le succès que nous avons eu avec les filles du lycée nous monter à la tête.

Je l'ai énervé.

Chapitre quatre

— Comment veux-tu que je réfléchisse avec toute la négativité que tu m'envoies. Au fait, qu'est-ce qu'elles aiment, les étudiantes ?

— A mon avis, elles ne sont pas trop folles des crétins qui planifient leurs tenues comme s'il s'agissait du Débarquement. Quand j'arriverai là-bas, il vaudrait mieux que tu ne sois pas en train de stresser.

— Quand tu arriveras là-bas ? Il est horrifié. Tu veux dire qu'on n'y va pas ensemble ?

— J'ai promis à Tommy de passer chez lui avant la fête.

Tommy a un appartement dans Greenwich Village, pas très loin de New York University. Mais, à la maison, maman garde sa chambre telle qu'elle était quand il était là. Elle n'acceptera jamais son départ.

— Un garçon devrait rester vivre avec sa famille jusqu'à son mariage, répète-t-elle à longueur de temps.

Ce n'est pas que Tommy lui manque puisqu'il est à la maison pratiquement tous les jours pour le boulot, c'est juste qu'elle a une vision de la famille très feuilleton télé des années cinquante. Mira s'est mariée avec son copain de lycée et nous sommes priés, Tommy et moi, de nous comporter en gamins exemplaires.

Alex est affolé.

— Pourquoi ce soir ?

Je hausse les épaules.

— Tommy culpabilise à cause du désastre Angela O'Bannon, il veut arranger ça. Je crois qu'il a l'intention de m'emmener dîner quelque part. Il faut que ça reste secret sinon maman va s'imaginer qu'on boude sa

cuisine. Bref, comme j'allais en ville ce soir pour la fête, j'ai décidé...
— Tu as décidé de me virer au moment le plus important de notre vie sentimentale.
— On n'en a pas, je lui rappelle. Mais ne t'inquiète pas, je serai là pour assister à toutes les vestes que tu prendras. Tâche de ne pas te choper la honte avant mon arrivée, d'accord ?

Dans le business de mon père personne ne paye pour se garer. Jamais. Tout le monde laisse sa voiture n'importe où : sur une place réservée aux livraisons, un passage piéton, devant une bouche d'incendie. Ils ramassent des piles de contraventions qu'ils ne payent pas non plus. Tommy est très fier des siennes. C'est un peu comme une version mafieuse de la collection de timbres : « Je t'échange une place handicapés à Brooklyn contre un arrêt de bus dans Port Authority. »
Le truc incroyable, c'est que je ne connais personne qui ait eu des ennuis à cause de ça. C'est difficile à expliquer, mais il faut voir les choses de la façon suivante : quand un citoyen normalement respectueux des lois commet une infraction, il se fait prendre. Ce qui n'est pas le cas de ceux dont la vie se déroule entièrement hors la loi et qui bénéficient d'une sorte d'immunité, comme si le code pénal ne s'appliquait pas à eux. Comment pourraient-ils se faire pincer au nom de quelque chose qui leur est aussi étranger et saugrenu que le Livre des morts égyptien.

Chapitre quatre

La morale de l'histoire, la voici : si vous envisagez d'enfreindre une loi, enfreignez-les toutes. Super leçon, non ? Comme Charles Barkley, le champion de basket, qui disait dans une pub qu'il n'était pas un modèle, les mafieux n'en sont pas.

Moi qui ai le sens civique, je mets mon clignotant sans hésiter pour le parking. Trente dollars pour avoir le privilège de me garer sous le gratte-ciel où habite Tommy. C'est cher bien sûr, mais c'est parfait pour le seul Luca à avoir acheté une voiture avec son argent.

En échange d'un loyer astronomique, Tommy occupe un tout petit studio au vingt-troisième étage d'un immeuble luxueux avec portier. « J'espère qu'il n'a pas prévu quelque chose de trop chic », me dis-je dans l'ascenseur. Je suis en jean et chemise à manches courtes. On est fin septembre et le thermomètre affiche toujours plus de vingt degrés.

Je sonne à l'appartement 23 B.

– Une seconde ! crie quelqu'un à l'intérieur, qui n'est de toute évidence pas Tommy.

Comment décrire la personne qui m'ouvre ? Renversante n'est pas le mot, je dirais plutôt sexy. Les top models sont sublimes, mais leur perfection a quelque chose d'artificiel. Alors que cette fille est aussi belle qu'on peut l'imaginer tout en restant une vraie personne. Elle est un peu plus jeune que Tommy. Disons dans les vingt et des broutilles. Elle n'a rien de sophistiqué, mais elle dégage quelque chose qui vous file une claque thermique de l'ordre du passage d'un endroit

49

climatisé à une rue où il fait plus de quarante degrés. Elle porte un haut qui descend presque, mais pas tout à fait, jusqu'à la ceinture de son jean taille basse, révélant d'innombrables heures d'abdos converties en tablettes de chocolat. Je ne trouve plus mes mots, sinon ces trois-là : « Nom de Dieu ! »
Elle me tend la main.
— Je m'appelle Cece. Tu es sûrement Vince.
Je lui serre la main, surpris mais pas plus étonné que ça. Tommy fréquente des gens branchés. Bon d'accord, Tommy est un mec branché. On l'a déjà vu avec des filles plutôt canon.
— Où est Tommy ? je parviens à articuler.
— Il m'a demandé de m'occuper de toi jusqu'à son retour, dit-elle l'air de rien. Tu veux une bière ?
— Un Coca, ça ira. Je conduis.
— Tout de suite.
Tandis qu'elle s'éloigne vers le coin cuisine, je ne peux m'empêcher de la regarder. Je n'essaye même pas de détourner les yeux. C'est vous dire la force d'attraction.
Je m'assois. Elle vient se poster derrière moi et commence à me poser des questions sur ce que je fais. Si elle s'en fiche (et soyons réalistes, pourquoi une bombe de vingt et quelques années aurait envie de savoir quels cours je suis ?) elle n'en montre rien. Ça, c'est la classe. Tommy s'est dégotté une vraie perle.
Cette réflexion n'a pas fini de me traverser l'esprit que Cece se met à me masser les épaules. Elle a les mains

Chapitre quatre

si douces qu'il me faut une seconde pour comprendre que ce n'est pas le truc le plus naturel du monde.
— Où est Tommy, déjà ?
Tout en continuant de me masser, elle me répond :
— Il s'occupe de deux ou trois bricoles.
La dernière fois que Tommy s'est occupé de deux ou trois bricoles, je me suis retrouvé avec Jimmy le Rat dans le coffre de ma voiture. Je commence à lui raconter l'histoire mais voilà qu'elle abandonne mes épaules pour me caresser le torse !
Ce n'est pas bien ! Enfin si, c'est bien, c'est même atrocement bien. Mais pas avec la copine de Tommy. Qu'est-ce qu'elle s'imagine, bon sang ?
— Euh... euh... mademoiselle ?
— Cece.
A quel moment exactement sa bouche s'est-elle rapprochée de mon oreille à ce point ? Je sens les vibrations de sa voix claire descendre jusque dans mon ventre, sans parler d'ailleurs. Décidément, ce n'est pas bien du tout.
— Euh... C'est juste que...
Inutile. Je ne suis plus que de la gelée. Non, pire, une flaque de lait demi-écrémé.
— Voilà... euh... Tommy pourrait rentrer d'une minute à l'autre.
— Détends-toi, me calme-t-elle, en déboutonnant ma chemise d'une main experte. On a quelques heures devant nous.
— Mais... tu n'as pas peur qu'il l'apprenne.

51

— Espèce d'idiot, dit-elle en riant, il sait déjà.
— Ah bon ?
— Bien sûr ! Qui a organisé ça, d'après toi ?

J'ai parfois de ces « moments distributeurs » : quand je me rends compte qu'une chose que je pensais relativement innocente fait en réalité partie du monde de mon père. Cece n'est pas la dernière conquête de Tommy, c'est une *call-girl* ! Mon frère m'a fait venir à son appart pour que je me retrouve avec une pute. C'est son petit cadeau pour se faire pardonner l'épisode Jimmy le Rat.

Quand je comprends, une décharge électrique secoue chaque cellule de mon corps simultanément. Je bondis de mon siège, faisant claquer les pans de ma chemise comme un drapeau. Cece a pratiquement retiré son haut, une image qui continuera de me brûler la rétine jusqu'à la fin de mes jours. Mais je suis déjà en train de courir vers la porte.

Elle pige le problème.

— Eh ! dit-elle d'une voix douce, son tricot jaune roulé jusqu'aux épaules, c'est pas grave d'avoir peur la première fois.

— C'est pas ça..., je bégaie.

Mais comment lui expliquer ? Le problème, c'est l'origine de ce petit cadeau. La première fois est vraiment importante, n'est-ce pas ? C'est un souvenir qu'on garde toujours. Je refuse de voir ma vie sentimentale porter l'empreinte du crime organisé. Ma nuit de noces, je ne voudrais pas avoir à me rappeler... « Tout a

Chapitre quatre

commencé en 2002, le jour où Tommy s'est servi de ses relations mafieuses pour me payer une call-girl... »
Elle a complètement retiré son haut. Si j'étais un flipper, ma réaction serait : *tilt* ! Cece n'ajoute qu'un mot :
— Reste.
Grâce à cette unique syllabe, j'imagine les prochaines heures, et elles sont classées interdites aux moins de dix-sept ans.
Je n'arrive pas à détacher mes yeux de son corps, subjugué autant qu'ahuri à l'idée que, dans quelques minutes, j'en verrai beaucoup plus. La totale ! Je prends conscience de la limite de ce qu'on peut faire. Ce n'est pas comme avec le saut en longueur où, en s'entraînant à mort, on peut gratter un centimètre de plus la fois d'après. Là, c'est la fin. Le max. La ligne d'arrivée. Est-ce le jour et l'endroit pour moi ?
Sentant le dénouement proche, Cece tend la main vers l'agrafe de son soutien-gorge.
C'est la décision la plus difficile que j'aie jamais eu à prendre de ma vie, mais je la prends.
Je m'en vais.

5.

ALEX NE M'APPORTE PAS le soutien qu'on serait en droit d'attendre de son meilleur ami.
— Espèce d'idiot ! Pauvre crétin ! Gros nul sans cervelle !

Il poireaute devant l'immeuble qui abrite Gamma Kappa ainsi que d'autres associations d'étudiants de New York University.

— C'était une call-girl.
— Eh bien justement, gémit-il. Tu avais la garantie de passer à l'acte et tu l'as loupée.
— Je n'ai rien loupé du tout. Je suis parti. Je ne veux rien recevoir qui vienne du business de mon père.
— Mais tu ne pouvais pas faire une exception pour elle ?
— Encore moins. Quand je me souviendrai de ma première fois, je veux que ce soit en pensant à quelque chose de vrai. Pas à un truc acheté, payé.

Ça donne une idée à Alex.

— Si de toute façon elle est payée, peut-être que je pourrais y aller à ta place.

— Arrête ton char, dis-je en riant. Tu ne le ferais pas non plus.

Il a l'air tout chagriné.

— Je sais. C'est juste que ça me fend le cœur que ça se perde. C'est comme si tu mourais de faim et que tu étais obligé de dire « non merci » à un sublime menu de douze plats mitonnés par les meilleurs chefs d'Europe.

Je lui donne une petite tape amicale dans le dos pour le féliciter.

— On ne meurt pas de faim. C'est juste qu'on n'a pas encore été invités à la table. Allez, viens, on va à la fête.

L'endroit s'appelle le clos des Associations, mais ça ressemble plus à un cube : six lofts, l'un au-dessus de l'autre, abritant chacun le local d'une association. L'immeuble a en gros cent cinquante ans et il en paraît le double, l'ascenseur date de l'ère glaciaire. En montant au quatrième étage dans un cliquetis de ferraille, je prends progressivement conscience des battements d'une autre vibration : le boum-boum d'une musique dont le volume augmente résolument.

La porte s'ouvre, nous noyant sous le vacarme. Je ne sais pas au juste à quoi je m'attendais, mais il s'agit *grosso modo* d'un grand espace brut, entièrement vide à part des gens. Des tonnes de gens, coincés comme des sardines, épaule contre épaule. Ça empeste la bière, la cigarette et la sueur. Et il fait une chaleur d'enfer. Imaginez la vallée de la Mort mais en beaucoup plus bruyant. On ne s'entend même pas penser.

Chapitre cinq

Alex regarde autour de lui avec admiration. Il est obligé de me crier directement dans l'oreille :
— Ça y est, Vince ! La Terre promise !

Libre à Alex de voir la perfection dans une émeute. Si ma très catholique de mère archi vieux jeu voyait ça, elle me bouclerait à la maison et me bourrerait de gnocchis jusqu'à ce que je ne puisse plus me lever du canapé, et encore moins me rendre dans un tel lieu de perdition. Rien à redire à ce que les pécheurs payent pour leurs péchés à condition que je reste irréprochable. Pas étonnant que Tommy ait pris le large.

Je dénombre pas moins de sept ou huit barils de bière pour la seule pièce, et le sol est recouvert d'une fine pellicule visqueuse. La consommation d'alcool est hallucinante. Certains jeunes sont tellement fracassés qu'ils ont besoin de l'aide de deux ou trois copains pour se traîner jusqu'au baril le plus proche, histoire de se resservir. Les gens dansent comme des dingues, même si les mouvements sont limités par la cohue. Quelques rares individus tentent d'agiter les bras et les jambes, mais une fois leurs voisins copieusement bousculés, ils se font tellement d'ennemis, et si vite, qu'ils se dépêchent de se fondre dans la foule. Les plus malins restent scotchés à leurs copines et pas seulement pour éviter de se faire renverser. Il y a une telle tension érotique dans l'air qu'on peut perdre sa nana entre l'entrée et les toilettes.

— Tu vois quelqu'un de Jefferson ? je demande à Alex.

Je ne suis pas sûr qu'il m'entende.

— Après ça, les fêtes de footeux ressemblent à des réunions Tupperware ! délire-t-il.

On décide de se séparer pour « vérifier le matos » comme il dit.

Et donc, je fais un petit tour, me faufilant entre les fêtards lubrifiés à la bière et à la transpiration. J'aperçois quelques jeunes du lycée, mais pas autant que je pensais. Quels dégonflés ces banlieusards ! Ça, pour parler, ils parlent, mais quand il s'agit d'aller dans la grande ville sauvage, il n'y a plus personne. J'ai une bouffée d'orgueil pour Alex dont je suis pourtant rarement fier. Privé de chauffeur, il a le cran de prendre le train. Il faut voir aussi qu'Alex n'aurait manqué ça pour rien au monde, même s'il lui avait fallu traverser le pôle Sud en traîneau à chiens.

En passant devant un baril, je me fais refourguer un gobelet. Je tente de le refuser mais le jeune qui s'occupe du service ne veut pas le reprendre.

— Non ! Il faut que tu boives !

Il titube même sans bouger. On ne voit plus ses yeux. Comme il est déchiré, tout le monde doit l'être, c'est logique. J'adore la fac. Les comportements sont tellement plus mûrs qu'au lycée.

— Merci, je marmonne.

Je cherche un endroit où le poser quand j'entends une voix aiguë crier mon nom. Je n'ai pas le temps de dire ouf qu'une fille me tire à travers la foule pour se pendre à mon cou !

Chapitre cinq

Je n'en reviens pas. Qui me connaît à la fac ? En plus, une fille mignonne ? Mais je la remets. C'est Kendra Morloy, la journaliste du *Jefferson Journal*. Je suis étonné qu'elle consente à me parler après s'être fait virer du vestiaire de foot par mes soins.

Et là, je m'aperçois qu'elle est accompagnée, ou plutôt qu'un type s'agrippe à elle, un étudiant en short kaki et teeshirt Gamma Kappa imbibé de bière.

– Randy, hurle-t-elle par-dessus le boucan, je te présente mon copain, Vince.

Mon copain ? Puis, ça fait tilt. Pas étonnant que Kendra soit contente de me voir. Elle serait contente de voir Jacques l'Éventreur. N'importe quel type susceptible de la sauver de ce gros lourd.

Randy me tend la main et je la serre. Il a l'air sceptique.

– Alors, comme ça, vous sortez ensemble... depuis combien de temps ?

Je saute sur l'occasion.

– Des années. Depuis l'école primaire.

Encore plus sceptique, le gros lourd.

– C'est vrai, ça ?

– On est amoureux depuis le CM 2.

Le type n'est plus sceptique. Il est fou de rage. Durant une fraction de seconde, je crains qu'il me balance son poing dans la figure. Mais non, ce n'est qu'un étudiant libidineux qui pensait pouvoir impressionner une lycéenne avec la puissance de son aura Gamma Kappa. Il ne se battra pas. En fait, il est déjà en train d'essayer de repérer une autre victime. Je prends la main de Kendra. Elle me regarde comme si je venais juste de m'échapper d'un hôpital psy. Mais elle n'a pas le choix. Elle est obligée de prendre ce que je lui donne.

— Je n'oublierai jamais la fois où on s'est rencontrés, je poursuis d'un air romantique. C'était à la kermesse des sciences. L'air sentait la rose... à moins que ce ne soit le formol.

— Pauvres taches ! éructe Randy en se fondant dans la foule.

Kendra me lâche la main et me file une gifle. Ça ne fait pas mal, mais un bon tiers de ma bière se renverse sur mes chaussures.

— Dis donc, je t'ai aidée ! je proteste.

— C'était pas la peine d'en rajouter.

— Il n'y avait qu'un moyen de faire partir ce type. Et il est parti. Ne me remercie surtout pas.

Elle a l'air passablement énervée.

— La fac, je meurs d'impatience ! raille-t-elle.

J'ai soudain envie de bière. J'en bois une gorgée. Dans le genre gazeux et amer, c'est bon.

Je ne sais pas grand-chose de Kendra Morloy, sauf qu'elle n'est pas dans son élément. Moi non plus d'ailleurs. Mais, à côté d'elle, je fais figure de membre honoraire de Gamma Kappa. Dans cette boîte à sardines enfumée et saturée de musique, elle est perdue.

— Tu es venue toute seule ?

Chapitre cinq

— Non, je suis venue en train avec des copines. Elles sont... Elle me montre la cohue. Elles adorent ça. C'est moi ou quoi ?

J'aperçois Alex, à l'affût, en train de reluquer les filles, il est comme un gosse dans un magasin de bonbons.

— Non, ce n'est pas que toi, dis-je gentiment.

— Sans rire, c'est tout ce qu'on a comme choix pour se faire des amis, ça ou devenir ermite ?

— Mon frère Tommy pense qu'il y en a un autre, dis-je ironiquement. Mais je ne t'ennuierai pas avec les détails.

Aussi bizarre que ça puisse paraître, je sens comme une connivence avec Kendra. Elle est aussi peu à sa place dans cette fête que je le suis au sein de la famille Luca. Prenez ce soir, par exemple. Je ne vois pas comment je pourrai expliquer à Tommy que mettre une pute à la disposition d'un ado de dix-sept ans n'est pas le cadeau le plus attentionné qui soit.

Ça, c'est la Mafia. Quand un avocat rentre chez lui, il cesse d'être avocat. Mais les distributeurs marchent vingt-quatre heures sur vingt-quatre et sept jours sur sept. Entre mafieux, on dit « la vie » pour parler de ce qu'on fait. Papa et Tommy ne travaillent pas, ils *vivent* leur boulot. Pas étonnant qu'ils ne puissent pas m'en tenir écarté.

Et le fait qu'ils ne voient pas le mal qu'ils me font n'arrange pas les choses. Une fois, juste une fois, j'aimerais pouvoir leur rendre la pareille au centuple.

Ça oui ! Je soupire et bois une autre gorgée. Kendra me regarde sans cacher son animosité. Je commence par me dire : qu'est-ce que j'en ai à faire de ce qu'elle pense ? Mais ce serait compter sans l'autre Vince, celui que sa mère a bien élevé.

— Tu veux que j'aille te chercher quelque chose à boire ? Il y a de la bière et... (je jette un coup d'œil autour de moi) de la bière !

Elle est deux fois plus mal à l'aise que tout à l'heure.

— Ça, ce serait le pompon. Je vois déjà les gros titres : « La fille d'un agent du FBI épinglée au cours d'une opération surprise de répression de la consommation d'alcool chez les mineurs ».

Voilà une façon de se faire remarquer !

— Ton père travaille au FBI ?

Elle acquiesce et je comprends que je l'ai sous le nez, l'occasion unique de me venger de ma famille.

C'est comme si une force invisible s'emparait de moi, sans me consulter. Je prends Kendra par les épaules et je l'embrasse.

Je ne sais pas comment dire, je suis toujours incapable de l'expliquer, mais je ne m'attends pas du tout à ce qui se passe ensuite. Kendra reste d'abord toute raide, puis elle se détend et me rend mon baiser. Je ne peux m'empêcher de penser que ma vie amoureuse est lamentable. Je gâche mon premier flirt à cause d'un malheureux corps dans le coffre de ma voiture et voilà que pour le deuxième (qui arrive tout de suite après une presque occasion manquée avec une call-girl),

Chapitre cinq

la seule chose qui me vient à l'esprit, c'est : « Prends ça dans la tronche, papa ! J'embrasse le FBI. » On se fait bousculer par les danseurs, des bières remplies à ras bord nous passent au-dessus de la tête, mais on ne reprend notre souffle que longtemps après.

Une bagarre éclate. Des poings volent. Je sens plus que je n'entends des phalanges s'écraser sur un menton. La victime projetée à travers la foule compacte atterrit juste entre Kendra et moi. Le type heurte le sol dans une gerbe de bière et se relève aussitôt, décidé à en découdre. Trois jeunes interviennent immédiatement pour le calmer. Mais il est tellement déchaîné que, pour éviter de le voir charger, ses trois copains essaient de l'entraîner plus loin en se frayant un chemin dans la cohue. Va savoir pourquoi, je me retrouve pris dans le flot, coincé entre le bagarreur et ses potes. Le déluge d'injures qu'il me balance en pleine figure ferait rougir Tommy et pourtant, croyez-moi, le boulot de mon père n'a rien d'un pince-fesse à Buckingham Palace. Notre passage en force dans un groupe de danseurs soulève des hurlements de protestation.

Ça se termine très vite, mais quand je reviens à l'endroit où se trouvait Kendra, je ne la vois plus. Inquiet, je regarde autour de moi en me repérant aux affiches sur les murs. Aucun doute, elle se trouvait bien à la jonction entre le drapeau de l'équipe de foot de Notre-Dame et le poster de Miss Février 1999.

Chercher une fille d'un mètre soixante dans une fête bondée, c'est comme essayer de retrouver un chihuahua dans un champ de maïs. Je passe l'heure qui suit à fouiller chaque centimètre carré du loft, plus malheureux à chaque minute qui passe. C'est pire que le fiasco Angela O'Bannon. Au moins, avec Angela, il y avait une raison objective pour que ça foire. Tandis que là, c'est n'importe quoi.

Je me décide finalement à espionner les toilettes des filles. La bière qui coule à flots a fait de cet endroit la zone la plus convoitée de Gamma Kappa. On dirait que toutes les étudiantes de New York University s'y sont donné rendez-vous. Elles me jettent des regards furieux, j'en entends même qui murmurent : « Espèce de pervers ! » Comment leur en vouloir ? Il faut être vraiment dérangé pour se poster telle une sentinelle devant les chiottes des filles.

— Hé ! Vince ! Par ici ! clame une voix.

C'est Alex, à quelques mètres à peine, mais derrière beaucoup de gens. On est les deux seuls garçons dans le coin.

— J'essaie de trouver quelqu'un ! je crie à mon tour.
— M'en parle pas !

Arrivé près de moi, il se penche à mon oreille :

— Ces étudiantes ne pensent qu'à elles. Cette fête craint !

Et tant pis pour la Terre promise. Je prends une décision.

— Partons d'ici.

En jouant des coudes pour revenir dans la pièce principale, on tombe sur Randy, le gros lourd.

Chapitre cinq

— Salut, pauvre tache ! ricane-t-il. J'ai vu ta nana ! Elle vient de se tirer avec deux de ses copines !

Et il me renverse un plein bock de bière sur la tête avant de s'éloigner en dansant, mort de rire.

De tout l'échange, Alex n'a retenu qu'une chose :

— Nana ?

— Il parle de Kendra Morloy ! je me justifie en claquant des dents. La bière est glacée et je suis trempé jusqu'aux os. La journaliste !

— Mais pourquoi ce type pense que c'est ta copine ? insiste-t-il.

Cette fois, j'ai ma dose. Dégoulinant de bière, je commence à me frayer un chemin vers la sortie. Si Alex n'est pas encore décidé à partir, c'est son problème. Mais il me suit, en me bombardant de questions auxquelles je ne réponds pas.

Près de la porte, j'aperçois Alfie Heller, notre contact à New York University. Une bière dans chaque main, une fille à chaque bras et, va savoir pourquoi, un trophée de bowling autour du cou accroché à un antivol de moto. En nous voyant, il confie ses verres aux demoiselles et nous serre la main, d'abord à moi, puis à Alex.

— Alors, comment ça va ? Je suis content que vous ayez pu venir !

S'il remarque que j'ai l'air et l'odeur du type qui a piqué une tête dans une cuve de Budweiser, il n'en dit rien.

Je fais de mon mieux pour avoir l'air reconnaissant.

– Super fête, Alfie. Merci de nous avoir invités.
– Vous partez ? (Il est consterné.) Déjà ? Mais il n'y a encore personne !
– Je suis garé sur une place payante et je n'ai plus de pièces.

Il a tout de suite l'air inquiet.

– Ne me dis pas que tu vas prendre le volant ? Tu pues la bière.
– Les cheveux et les fringues seulement, dis-je en soupirant. Note, c'est bien vu. Je n'ai bu que deux gorgées mais, si je me fais contrôler, les flics n'auront qu'à me renifler pour en déduire que j'ai éclusé toute la nuit.

Arrivé dans la rue, je fais le récit détaillé de l'affaire Kendra à Alex.

Il est furieux.

– Tu as encore foiré ? Vince, tu me tues ! Je te signale qu'il s'agit de mes histoires d'amour.
– Ça n'aurait pas dû arriver. Ce genre d'ambiance rend les gens dingues. Encore heureux qu'il n'y ait pas eu de tueurs en série à cette fête.

Moyennant forte monnaie, je récupère la voiture et on rentre.

Chez Alex, je prends une douche en attendant que ma chemise et mon jean aient fini de tourner dans la machine à laver. Il est tard, mais dans les distributeurs on ne ferme jamais et mon père pourrait être encore debout en compagnie de quelques oncles. Il est intransigeant sur le chapitre de l'alcool au volant. Je n'ai pas

Chapitre cinq

vraiment bu bien sûr, mais il l'ignore, et avec les cheveux et les fringues imbibés de bière, inutile de se fatiguer à lui expliquer.

J'arrive finalement devant la maison vers une heure. Il se trouve que papa n'est pas encore couché, mais ça n'a rien à voir avec le boulot. Il m'attend dans le salon, en ponçant un saladier biscornu au-dessus d'une corbeille à papier.

– Tommy a appelé. Il m'a parlé de sa petite surprise. Je voulais être sûr que ça allait.

– Je pensais qu'il m'emmènerait dîner, dis-je avec émotion.

Papa se montre patient.

– Il essayait de se rattraper. Si tu bousilles la télé de quelqu'un, tu la remplaces.

– Personne n'a bousillé ma...

Et là, tout s'éclaire.

L'épisode Jimmy le Rat m'ayant coûté une occasion avec Angela O'Bannon, Cece était censée me procurer ce que je n'avais pas obtenu avec Angela. Hallucinant ! Dans la branche de mon père, le sexe et une télé, c'est du pareil au même. Une commodité, quelque chose qui se négocie, s'achète, se vend.

– Dans ton monde peut-être, dis-je d'une voix coupante, pas dans le mien.

Papa hoche la tête avec compréhension.

– Tu as raison, Vince. Ton frère... Parfois je me demande s'il n'a pas de la bouillie à la place du cerveau. Mais il a un cœur d'or ! Tu aurais dû l'entendre

tout à l'heure au téléphone. Il pensait t'avoir fait le plus beau cadeau du monde. Je connais des tas de jeunes de ton âge qui auraient sauté sur l'occase.
— J'ai failli.
Papa éclate de rire.
— Mais tu as résisté. Il faut toujours que tu n'en fasses qu'à ta tête. C'est ce qui me plaît en toi, Vince. Tu es un peu fou, mais c'est le signe d'une grande réussite en affaires.
Je lui jette un regard noir.
— Quelles que soient les affaires, ajoute-t-il. Tu réfléchis à ce que tu veux faire plus tard, n'est-ce pas ?
— Même en dormant.
Il secoue la tête.
— Tu n'as pas ta langue dans ta poche.
Il examine son saladier. A force de poncer, il a fait un petit trou dans le fond.
— Joli entonnoir, dis-je.
— Petit malin, va !
Papa jette le saladier et le papier de verre dans la corbeille et se tourne vers la lampe.
— Si vous n'y voyez pas d'inconvénient, agent Mords-Moi, on va se coucher.
Et il éteint la lumière.
C'est aussi bien comme ça car je pâlis jusqu'aux oreilles.
Mords-Moi, Morloy. Kendra Morloy dont le père travaille au FBI.
— Tu viens, Vince ?

Chapitre cinq

— J'arrive, papa.

J'ai le cœur qui bat à cent à l'heure. Le père de Kendra ne fait pas seulement partie du FBI, c'est notre agent.

Je viens d'embrasser la fille du type dont le but suprême est d'envoyer mon père en taule.

6

Il faut que tu l'invites à sortir avec toi. Ça fait sept fois qu'Alex me répète la même chose et il n'est pas encore l'heure de déjeuner.
— Allez, insiste-t-il. Elle est dingue de toi.
— C'était une fête d'étudiants, je réplique, les dents serrées. Les gens font n'importe quoi, et je me compte dedans.

On est à la bibliothèque où on se documente pour nos sites du cours Nouveaux Médias. Du moins, officiellement.

— Écoute, tu as merdé avec Angela. Tu as merdé avec Cece. Il faut qu'il se passe quelque chose avec Kendra. Tu me dois bien ça !
— Une supposition que je lui plaise, ce qui n'est pas le cas, je fais quoi ? Je l'invite à la maison ? Je te rappelle que son père nous a mis sur écoute. Il sera sûrement ravi d'entendre la voix de sa fille au cours d'une de ses opérations de surveillance.

Alex hausse les épaules.
— Elle a une maison.

— Il y habite !

— Pas toute la journée, argumente Alex. Ces types-là travaillent je ne sais combien d'heures par jour. C'est un gros boulot d'enquêter sur un parrain de la Mafia.

Je ne relève pas.

— Si on s'y mettait ? Il faut choisir notre sujet aujourd'hui.

— C'est fait, me dit Alex. J'ai même déposé le nom de mon site.

Il fait pivoter son écran.

Je regarde et voici ce que je lis :

www.misterferrari.com.

— Mister Ferrari ? Un site sur les Ferrari ?

— Les nanas adorent les voitures de sport.

— Mais enfin, Alex, tu as une Ford Escort ! Et encore, quand tu arrives à soudoyer ta mère pour qu'elle te la prête.

Il ne se démonte pas.

— Sur Internet, j'ai une Ferrari. Non, deux, une rouge et une noire.

— Tu vas te ramasser. Les propriétaires de Ferrari ont autre chose à faire que de se coller derrière un ordinateur pour télécharger des photos de ce qu'ils ont garé devant chez eux. Si tu veux que ton site ait du succès, tu as intérêt à attirer les gens qui se bougent.

— Comme qui par exemple ?

— Qu'est-ce que tu dirais des mecs qui vont aux conventions *Star Trek* ?

Chapitre six

– J'y suis allé une fois !
– Et tu passes des heures sur Internet. Comme ceux qui discutent sur les forums des séries télé ou les fondus de country musique. Je ne cherche pas à être désagréable. Je veux juste te prévenir que, pour avoir un site qui marche, il faut séduire les gens qui se connectent. Pense un peu à ce qui pourrait intéresser une mamie avec dix-neuf chats.
– Tu te fais des illusions, dit-il d'un ton accusateur, mais je sais que je tiens quelque chose d'intéressant.

Je commence à passer en revue les noms de sites. *Chat* est pris, ainsi que *amourdechat, monchat, chatte, aimemonchat* et *jaimemonchat*. *Jaimemonchat*.com n'est pas disponible non plus, mais en bricolant la fin de l'adresse, je ne tarde pas à déposer le nom de mon site : *www.jaimemonchat.usa*.

Si c'est du trafic que veut M. Mullinicks, il va être servi, ce sera encombrement garanti. Le monde est plein de propriétaires de chats et, à en juger par le nombre de pages consacrées à l'animal, la plupart ne demandent qu'à parler de leur matou.

Alex n'est pas impressionné.

– C'est idiot, Vince. Moi, au moins, j'aime les Ferrari. Toi, tu ne peux pas saquer les chats.
– Pour un semestre, je ferai semblant. Et j'ajoute, histoire de le faire bisquer : pense un peu à toutes les filles qui sont dingues de chats.

Il est vexé que mon idée soit meilleure que la sienne.

Soudain, il regarde mes cheveux.
— Hé, Vince, tu savais que tu avais des pellicules ?
— Oh, pardon... J'espère que je n'en ai pas mis partout sur le siège en cuir noir de ta Ferrari.
— Non, sans rire, insiste-t-il en me passant la main dans les cheveux. Achète du shampooing antipelliculaire quand même !
En temps normal, je n'aurais pas prêté attention à sa remarque. Mais depuis quelques jours, j'ai la tête qui me gratte.
Dès la fin des cours, je fais un crochet par des toilettes peu fréquentées.
La lumière est faible et le miroir couvert de cette couche de crasse qu'on trouve dans toutes les toilettes publiques. Je repère un petit coin propre et entreprends de m'inspecter minutieusement les cheveux, en les séparant de façon à apercevoir le cuir chevelu. Alex a raison ! J'ai des pellicules !
Et là, j'en vois une qui bouge.

L'infirmière, Mme Jacinin, allume la lampe sur sa loupe et la repositionne au-dessus du fauteuil d'examen.
— Poux.
Je n'en reviens pas.
— Mais je prends deux douches par jour !
Elle hausse les épaules.
— Ça n'a rien à voir.
— C'est impossible. Ma mère est une maniaque de la propreté ! Je n'ai pas de petits frères, pas de petites

Chapitre six

sœurs et je ne mets jamais de casquette autre que la mienne !

Je lui demande de me prouver ce qu'elle avance. Grossière erreur. Mme Jacinin arrache un cheveu parasité et le glisse sous la loupe. Ce que je vois me coupe les jambes. J'ai la tête colonisée par une famille de mini-tarentules blanches. Maintenant, ça ne me démange plus, ça piétine mon crâne comme un troupeau de dinosaures, et des pieds griffus me labourent la peau.

– On ne peut pas sentir les poux, dit-elle, sans se formaliser. Ils sont beaucoup trop petits. La sensation désagréable que vous ressentez est due à une réaction allergique à leurs excréments.

Forcément, je me sens mieux. Non content d'être envahi par des parasites minuscules, voilà que je leur sers de toilettes.

Dans les établissements scolaires, on traite les poux comme on traitait la peste au Moyen Âge. Je suis banni pour un minimum de vingt-quatre heures – période durant laquelle je suis tenu de me laver les cheveux avec une mixture antipoux infâme. Et je reste en quarantaine jusqu'à ce que l'infirmière m'ait inspecté la tête. Et, tenez-vous bien, cela doit être fait à l'extérieur du lycée pour que j'obtienne l'autorisation de rentrer. Pourquoi ne me tague-t-on pas directement le mot DÉGUEU sur la poitrine ?

– Ne touchez personne en sortant d'ici, recommande-t-elle en me raccompagnant à la porte. Ça vaut pour les fauteuils aussi. Les poux et les larves vivent jusqu'à cinquante-cinq heures sur les vêtements et les tissus.

Elle me donne cette dernière information à tue-tête, ce qui permet à tout un chacun dans un rayon de trois kilomètres de savoir que j'ai des poux.

Je reste interloqué.

— Mais enfin, madame Jacinin, je ne comprends toujours pas comment j'ai pu les attraper...

Et là, je me tais car, pile au milieu de la rangée de souffreteux qui attendent de parler à l'infirmière, est assise Kendra Morloy. Ses longs cheveux ramenés sous une casquette de l'équipe des Yankee.

Voilà qui explique beaucoup de choses. Si les papillons peuvent migrer du Brésil, il n'est pas impossible d'imaginer qu'un pou vraiment motivé puisse descendre le long d'une mèche de cheveux de Kendra et sauter sur une des miennes pendant un baiser, bref mais mémorable, au cours d'une fête.

Combien de fois ai-je entendu papa dire : « Ces agents du FBI, quels pouilleux ! » Je ne me doutais pas qu'il parlait de l'hygiène de leurs familles.

Kendra fait comme si elle ne m'avait pas vu. Et je quitte le bureau de l'infirmière en faisant de même. Mais, un peu plus tard, en sortant du parking du lycée (la tête à plusieurs centimètres de l'appui-tête. Il ne manquerait plus que j'aie à désinfecter la Mazda par-dessus le marché), qui vois-je en train de marcher vers l'arrêt de bus d'un air abattu ? Kendra.

Chapitre six

Mon premier réflexe est la pitié. Elle va probablement à la pharmacie acheter le même traitement anti-poux que celui qui m'a été prescrit. En bus, elle va être obligée de changer au moins trois fois.

Le deuxième est la colère. Après tout, c'est elle qui m'a refilé les poux ! Et ce n'est pas comme si on sortait ensemble depuis longtemps. On ne s'est embrassés qu'une fois, et au milieu d'une tripotée d'étudiants ivres morts. En ce qui me concerne, son personnage de jeune fille innocente dont le père travaille au FBI m'a tout l'air d'une façade. Si ça se trouve, elle passe d'un mec à l'autre, en aspergeant tout le monde de poux telle une tornade contagieuse.

Je ralentis devant l'arrêt du bus et baisse ma vitre.
— Salut !

Elle semble aussi mal à l'aise que moi.
— Salut !

Je prends ma respiration.
— Je crois qu'on va au même endroit. Monte.
— Je ne vois pas de quoi tu parles, répond-elle, butée.

Dans les distributeurs, je suppose que la réplique suivante serait : « Soit tu montes, soit tu vas à la pharmacie traînée par une corde à l'arrière de la bagnole. A toi de choisir. »

Une chance que je sois bien élevé.
— A la pharmacie, je précise patiemment. Tu sais... pour acheter le shampooing spécial.

Elle monte en évitant mon regard. Dans la voiture, le silence est pesant.

Qu'est-ce qu'on pourrait se dire de toute façon ? J'ai des poux. Et toi ?

Finalement, au moment où je me gare devant la pharmacie, elle me sort :

— Je travaille dans une halte-garderie.

— Oh... euh... C'est sympa.

— C'est de là que viennent les poux. Il y a une épidémie chez les tout-petits. Ils me les ont refilés. Et tu les as attrapés quand on...

— T'en fais pas, dis-je galamment, c'est pas incurable.

Ce n'est peut-être pas incurable, mais c'est hors de prix. Il nous faut une lotion antipoux, un gel pour séparer les lentes des follicules, un peigne spécial poux à dents fines, un shampooing à base d'huile de théier et même une bombe insecticide à vaporiser sur les vêtements et les oreillers. La lotion à elle seule coûte déjà trente dollars.

Kendra farfouille dans son porte-monnaie.

— Oh, non !

Je vérifie l'état de ma fortune. Quarante-trois dollars. Pas assez pour toute cette camelote et en tout cas pas assez pour lui en prêter. J'ai bien une carte de crédit en cas d'urgence, mais c'est papa qui me l'a donnée et les moyens de paiement venant de lui ne sont pas toujours tout à fait légaux. Le nom de la banque émettrice ne m'inspire pas vraiment confiance : Banco Comercial de Tijuana. Et je ne suis pas sûr qu'elle apprécie que ses pesos durement gagnés servent à payer pour mes poux.

Chapitre six

— Peut-être qu'on pourrait partager, propose Kendra timidement. Acheter un seul traitement. Je crois qu'on a assez pour ça.

— Mais...

Une dizaine de problèmes pratiques me viennent à l'esprit.

— Mes parents travaillent tous les deux, m'informe-t-elle. On aura fini avant qu'ils rentrent.

Le tout se monte à soixante et un dollars et quarante cents. On se paye un deuxième peigne pour en avoir un chacun car on est censés faire la chasse aux lentes pendant deux semaines.

Kendra habite un lotissement de jolies petites maisons en dénivelé à l'extrême limite de la zone géographique de notre lycée. Le quartier est sympa, mais il est clair que les agents du FBI gagnent beaucoup moins d'argent que les individus sur lesquels ils enquêtent. Le château Luca fait dans les deux cent quarante mètres carrés et il est doté d'un garage pour quatre voitures. Cela dit, si on s'en tient aux registres de la préfecture de police, je suis le seul membre de la famille à être vraiment propriétaire d'un véhicule.

Ça me fait tout drôle d'être chez l'agent Mords-Moi. C'est donc là qu'il est quand il n'est pas en train d'espionner nos gargouillis.

Kendra monte se changer. Elle revient en vieux survêt et me lance un sweat-shirt délavé.

— C'est à mon père. Regarde si ça te va.

Je l'enfile et me plante devant la glace. Une inscription me barre la poitrine : FBI. Moi, Vince Luca ! C'est comme si le capitaine Achab dans *Moby Dick* avait un teeshirt marqué : « Sauvons les baleines ».

Et on se met au boulot. Dans la buanderie, au sous-sol, on se passe de la lotion sur les cheveux, chacun notre tour. Je suppose que cela me confère le titre d'homme du monde. Je n'ai toujours pas de vie amoureuse, mais je parie que même Casanova n'a jamais massé le cuir chevelu d'une femme avec de l'insecticide.

Je ne ferai pas durer le suspense. Ce truc est ignoble. Ça sent le produit d'embaumement et ça brûle. Je suis sûr que les poux meurent dans d'atroces souffrances, mais ça n'est rien en comparaison de ce que le propriétaire du crâne infesté endure. Il faut garder le produit sur la tête trente minutes d'affilée, plus de temps que je n'en ai jamais passé avec Kendra. C'est un peu bizarre comme situation. Nous n'avons rien en commun, à part des poux. En attendant la fin des trente minutes, on vaporise nos fringues à la bombe antilentes. Puis, on monte à l'étage s'occuper du lit de Kendra, oreillers, couverture et draps.

Au moment de redescendre se rincer les cheveux dans l'évier de la buanderie, la porte d'entrée s'ouvre et on entend crier :

— Il y a quelqu'un ?

Surprise de Kendra.

— Oh... c'est papa ! Je ne veux pas qu'il soit au courant.

Chapitre six

Elle ne veut pas qu'il soit au courant ? Et moi donc ! N'est-ce pas le rêve de tout agent du FBI de rentrer un jour chez lui pour découvrir que sa fille est en train de se laver les cheveux avec le fils d'un parrain ?

– Il faut que je sorte d'ici !

– Ça c'est sûr ! approuve Kendra.

Je regarde autour de moi. La seule issue est la fenêtre, mais comme le terrain est en pente ça implique un saut de trois mètres.

Je suis en train de me demander quel effet ça fait d'avoir les deux chevilles brisées quand j'avise la chambre d'à côté, celle des parents. Elle surplombe une véranda. Je pourrais sauter sur son toit plat et redescendre dans le jardin par là. Je me précipite dans la chambre.

Kendra me suit.

– Je blaguais. Tu n'es pas obligé de partir.

Mais j'ai déjà un pied sur la table de nuit pour enjamber la fenêtre. Dans ma précipitation, je renverse une boîte de comprimés contre les hémorroïdes ! Je suis pris d'une folle envie de rire. Depuis le temps que l'agent Mords-Moi nous espionne, je trouve que c'est un juste retour des choses de savoir un truc gênant sur lui.

Des bruits de pas dans l'escalier me ramènent à la réalité. Je saute sur la véranda, un mètre cinquante plus bas.

Kendra se penche par la fenêtre.

— Mais on n'a même pas fini !
— Garde-moi la moitié des produits !
Je roule jusqu'au bord du toit, attrape la conduite d'écoulement et me laisse glisser. La gouttière se détache du mur et je tombe brutalement sur le sol, en me disant cependant que ce genre de choses n'arrive que dans les films d'Adam Sandler.
A présent, le tuyau pend loin de la véranda, comme une sculpture protubérante et grotesque. J'envisage un instant de réparer les dégâts, mais j'entends soudain la voix de Kendra :
— Tu rentres tôt, papa !
Je cours sans demander mon reste. Avec un peu de chance, le type n'est pas si bon que ça et il ne relèvera pas l'empreinte de mon pied sur sa boîte de pilules.
Le temps que j'arrive à la maison, les battements affolés de mon cœur se sont calmés. Je gare ma voiture et rentre discrètement par la porte de derrière. Je n'ai aucune envie de parler de ce que j'ai sur la tête. Il fallait s'y attendre, papa m'intercepte au moment où je monte l'escalier. Mais ce ne sont pas mes cheveux qui retiennent son attention.
— Bon Dieu, Vince, où tu as dégotté ce sweat ?
Penaud, je baisse les yeux sur ma poitrine, sachant pertinemment ce que je vais y trouver. J'ai toujours le sweat-shirt de l'agent Mords-Moi sur le dos. Je suis ni plus ni moins qu'un panneau d'affichage pour le FBI.
— C'est un collector ! hurle mon père, mort de rire. Tu pourrais nous en avoir deux pour Tommy et moi ?

Non, plein. Je connais des oncles qui vont en être raides dingues !

Je grommelle que j'irai en commander dans une boutique de New York puis je fais une tentative pour me débarrasser de lui. Mais il me regarde avec insistance et sans doute me sent-il aussi.

— Bon sang, Vince, quand j'avais ton âge, je me mettais de la gomina et ce n'était déjà pas brillant. Mais tu pues la morgue !

Je ne le contredis pas sur ce point. Car voilà encore une chose qui ne manque pas dans les distributeurs : les enterrements.

7

J'AI DÛ GARDER LA LOTION sur les cheveux pas loin de soixante-dix minutes tout compris, deux fois plus que le temps maximum recommandé. La bonne nouvelle, c'est qu'aucun pou ne peut survivre à ça. La moins bonne, c'est que mon cuir chevelu non plus. Le lendemain matin, j'ai la peau qui tire et qui pèle. Dieu merci, mes cheveux sont restés accrochés. Mais en dessous, c'est rouge vif. J'ai même les fourches qui fourchent.

Impossible d'aller au lycée, l'interdiction de vingt-quatre heures étant toujours d'actualité. Mais plutôt que d'expliquer à maman que son fils, et en particulier sa tête, sont « totalement hors service », je préfère prendre mon panier-repas et monter dans ma voiture.

Je roule au hasard un moment en calculant vaguement le nombre de films qu'il faudrait que je voie pour arriver jusqu'à trois heures et demie. Je suis de nouveau plein aux as, papa m'a filé mon argent de poche. Pile au bon moment, car j'avais tout dépensé en produits contre les poux. Et là, ça me revient : Kendra me doit encore la moitié de ce qu'on a acheté ensemble à la pharmacie. Je doute qu'aucun pou ait réchappé de la tornade nucléaire qui s'est abattue sur mon crâne, mais l'infirmière m'a dit que le règlement du lycée exigeait que je fasse le traitement jusqu'au bout.

Je tue le temps en attendant neuf heures, puis je roule vers chez Kendra dans la circulation fluide de Long Island. Histoire d'éviter tout risque inutile, je me gare à trois pâtés de maisons de chez elle. Je n'ai aucune envie que l'agent Mords-Moi vérifie ma plaque d'immatriculation sur l'ordinateur du FBI. « Un membre de la famille Luca en visite chez ma fille ! Quel bonheur ! » Pas question.

Kendra est seule chez elle à part deux techniciens de chez Secure-O-Matic qui sont venus installer un nouveau système d'alarme.

— Mon père a cru qu'un voleur avait voulu s'introduire dans la maison par le toit de la véranda, m'explique-t-elle avec un sourire nerveux.

— Le monde est rempli de dingues, je renchéris, sans rien laisser paraître. C'est une bonne chose que le FBI soit sur le coup. Je lui tends un sac en papier : tiens, le sweat de ton père.

En nous voyant descendre à la buanderie, les types de chez Secure-O-Matic échangent des petits rires entendus. Mais croyez-moi, on n'est pas là pour rigoler. On se masse la tête au gel antilentes, on se rince les cheveux dans l'évier, on se passe le peigne antipoux et il a des dents si serrées qu'il faudrait une grue pour

Chapitre sept

le tirer jusqu'au bout, plus un bâillon pour étouffer nos cris. Si jamais vous aviez envie de vous faire une guimbarde dans un peigne antipoux, j'ai peur que seuls les chiens l'entendent.

Kendra est la première à mettre ma fuite d'hier sur le tapis.

– Tu n'étais pas obligé de jouer les Spiderman. Mes parents ont compris que je n'avais plus six ans.

Je tente une blague :

– Excuse-moi mais les agents du FBI sont armés.

Ça la fait rire.

– Papa a une arme, mais je ne l'ai jamais vue. Il a des consignes très strictes concernant la séparation entre boulot et vie de famille. Je suppose qu'il côtoie pas mal de types louches.

Tu l'as dit ! Comme mes bien chers proches.

Je me dépêche de changer de sujet. Les Morloy ont un salon télé et hi-fi dans leur sous-sol.

– Super chaîne, dis-je en voyant les étagères bourrées de matériel hi-fi. Vous en avez deux ! Puis je m'aperçois que la deuxième paire de baffles est reliée à un micro. C'est un karaoké ?

– Oui, et alors ? répond Kendra, les lèvres pincées.

L'idée de l'agent Mords-Moi en train de faire du karaoké est encore plus ahurissante que ses hémorroïdes. Impossible de réprimer un énorme sourire.

– Non, rien. C'est juste que c'est difficile d'imaginer un agent du FBI en train de brailler du Bette Midler dans sa cave.

— C'est pas à lui, c'est à moi, murmure-t-elle sans oser me regarder dans les yeux.

Voilà qui est encore plus étrange. La journaliste coincée du canard du lycée serait donc une artiste en chambre.

Je suis sincèrement intéressé.

— Chante-moi quelque chose.
— Non.
— Allez, je suis sûr que tu es douée.
— Tu te moques de moi.
— Non. Je cherche simplement à passer le temps en attendant de pouvoir rentrer chez moi sans avoir à expliquer à mes parents pourquoi j'ai été viré du lycée aujourd'hui. Allez, je chanterai avec toi.

On arrive à un compromis. Je jure de ne pas rire et elle accepte de me passer une des cassettes de ses chansons. Je ne peux m'empêcher de remarquer le nombre incroyable des cassettes en question. Sur toutes, elle a collé la même étiquette à la fois marrante et un peu cucul : K.Do.

Kendra se débrouille pas mal. Elle se débrouille même très bien. Quand elle parle, sa voix est un peu mièvre et aiguë, mais pas quand elle chante. Là, elle devient chaude et profonde, presque sexy. Voilà une façon de penser très Alex, mais je suis plutôt fier d'avoir embrassé une fille avec une voix pareille.

A la fin de la chanson, j'applaudis, mais Kendra appuie sur STOP et refuse de m'en faire écouter davantage.

Chapitre sept

— Allez, dis-je en riant. Tu es géniale. Mets-en une autre.

Au lieu de ça, elle me tape sur la tête avec l'étui à cassette. Vu l'état dévasté de mon crâne, ça fait mal. Mais je ne me plains pas parce que je sens émerger quelque chose de différent entre nous, un changement subtil d'atmosphère, à la fois inquiétant et irrésistible.

Je lui arrache la boîte des mains.

— Maintenant, tu vas la manger !

— Essaye pour voir, réplique-t-elle.

Mais nous savons tous deux qu'il ne s'agit pas de bagarre et que ce qui se passe n'a rien à voir avec un étui à cassette.

Et quand nous commençons à nous embrasser, on est à fond dedans. En comparaison, notre petit intermède à la fête étudiante fait figure d'entraînement poussif. Nous nous écroulons essoufflés sur le canapé comme après un marathon.

J'ai l'impression d'être deux personnes à la fois. Une est Marco Polo, bien décidé à aller de l'avant, à explorer, à faire de nouvelles expériences. Et l'autre, un vrai casse-pieds qui n'arrête pas de se dire : « C'est la fille de l'agent Mords-Moi, c'est la maison de l'agent Mords-Moi, c'est le canapé de l'agent Mords-Moi. »

Je ne sais pas qui sont les deux Kendra, mais il y en a une qui fait un petit bruit de gorge. Et pas avec la voix haut perchée mais avec celle de la chanteuse.

« C'est le sol de l'agent Mords-Moi », me rappelle le casse-pieds quand nous roulons du canapé.

« La ferme ! » rétorque Marco Polo. Et à ce stade, c'est lui qui commande.

Je suis en train de me demander où tout ça va nous mener quand les gars de chez Secure-O-Matic décident de tester la nouvelle alarme.

Dire qu'on saute au plafond traduit simplement la réalité. En redescendant sur terre, chacun atterrit à une extrémité du sous-sol. Si j'ai le même air ahuri que Kendra, on fait une sacrée paire d'étonnés tous les deux. Ça ne tient pas debout, mais on pense la même chose : à savoir qu'on a dégagé assez de chaleur pour déclencher le détecteur de fumée.

Puis la sonnerie s'arrête et on entend un gars en haut qui dit :

— Excusez-moi, c'était juste un essai.

Le tout accompagné de rires étouffés.

Ça me rend dingue, mais quelle clairvoyance. Ces types savaient avant nous ce qu'on était descendus faire au sous-sol. Je ne ferais pas appel à eux pour installer une alarme mais, si j'avais besoin de me faire prédire l'avenir, ce n'est pas une cartomancienne que j'irais consulter.

Je ne me rappelle pas avoir jamais ressenti aussi fortement l'importance de quelque chose. Le petit épisode à la fête étudiante aurait pu se révéler un bide, mais ce qui vient de se passer ne l'est pas. Le monde n'est plus à la même place que ce matin.

Tout ce que Kendra arrive à dire, c'est :

— Ouaouh !

Chapitre sept

Et j'acquiesce. Mais on ne sait ni l'un ni l'autre ce qui va se passer ensuite.

Du bas de l'escalier, elle crie aux techniciens :

— Vous avez bientôt fini ?

Prier que ça aille vite ne sert à rien, car voici la réponse :

— Encore quelques heures.

Suivent d'autres rires.

Je suis prêt à rester la journée entière à attendre qu'ils s'en aillent, mais Kendra doit écrire un article pour le *Jefferson Journal* : un exposé sur les profs qui donnent les meilleures notes.

— Ils ne te laisseront jamais publier ça.

Elle pousse un soupir.

— Sans doute. Mais ça vaut le coup d'essayer. Les profs n'arrêtent pas de nous bassiner avec la liberté de la presse mais, quand on veut s'exprimer, autant s'accrocher. Au fait, ça me rappelle que tu ne m'as toujours pas répondu au sujet de ton départ des Jaguars.

Aïe !

— Euh... C'est ce que tu avais pigé. Ce Bronsky est un fasciste.

Je présente mes excuses silencieuses à l'entraîneur, qui est probablement un gentil gars.

— Tu as du cran, dit-elle, admirative. Je devrais approfondir le sujet, écrire un papier expliquant comme c'est dur d'abandonner le foot pour le courage de ses opinions.

— Ça va aller. Je profite de mon temps libre pour me concentrer sur d'autres choses.

Mais à ce moment-là, je ne pense qu'à Kendra, à ce qui s'est passé dans son sous-sol. C'est bizarre de la quitter. Et la présence des techniciens de Secure-O-Matic n'arrange rien. On parle essentiellement du traitement antipoux. Je reprends mon peigne et la moitié du shampooing à l'huile de théier. Ainsi que la bombe parce que mon lit n'a pas encore été traité. Et au rythme où vont les choses, nos poux pourraient bien poursuivre leur va-et-vient entre nos deux têtes. Croyez-le ou non, l'idée n'est pas aussi répugnante que ça.

Je note son numéro de téléphone, mais mon sang se glace quand elle me demande le mien. Toutes nos lignes sont sur écoute grâce à son père ! Ça ne serait pas vraiment génial si l'agent Mords-Moi entendait la voix de sa fille chérie sur les cassettes d'enregistrement des Luca.

— On va avoir un nouveau numéro.

La journaliste d'investigation qui sommeille en elle a l'air dubitative.

— On n'arrête pas de nous faire des blagues téléphoniques, je me dépêche d'expliquer. Ma mère a paniqué.

Ben voyons. Sans tourte au poulet à portée de main, maman est perdue.

On s'embrasse pour se quitter.

Et ce baiser aurait pu durer bien plus longtemps si les types de Secure-O-Matic n'avaient à nouveau

Chapitre sept

déclenché l'alarme. Cette fois, je sais qu'ils l'ont fait exprès.

En sortant de chez Kendra, je vais voir directement Ray Francione. Quand il n'est pas avec Tommy, on peut le trouver au Silver Slipper, un bar de Long Beach.

Le videur m'envoie balader. Mais un type me reconnaît et j'ai aussitôt droit au tapis rouge.

– Vince ! (Ray sort de l'arrière-salle où doivent se dérouler pas mal d'affaires de distributeurs.) Qu'est-ce qui t'arrive ? Pourquoi tu n'es pas au lycée ?

J'éclate de rire.

– Tu es la baby-sitter de Tommy, pas la mienne.

Il devient blême.

– Pas si fort ! On pourrait t'entendre. Si jamais ça revient aux oreilles de ton frère, il y aura du grabuge. (Il prend un tabouret de bar et s'assoit à côté de moi.) Pourquoi tu sèches les cours ?

Je dis certaines choses à Ray que je ne dirais pas à ma mère.

– J'ai des poux. Vingt-quatre heures d'exclusion. Écoute, j'ai besoin que tu me rendes un grand service. Est-ce que tu pourrais m'avoir un téléphone portable avec lequel les flics ne pourraient pas remonter jusqu'à moi ?

– Pas remonter jusqu'à toi ? (Ça lui met tout de suite la puce à l'oreille.) Si c'est pour vendre de la drogue...

– Mais non, tu me connais, Ray. Il y a une fille... du

moins, je l'espère. J'aimerais pouvoir lui parler sans que le FBI écoute nos conversations.
 Remarquez comme je lui épargne les détails concernant son identité, et surtout celle de son père. Je ne lui dirais que s'il fallait vraiment que ça se sache, or personne n'a besoin de savoir. Moi-même, j'aurais préféré ne pas savoir.
 Ray hoche la tête, il comprend.
 — Je peux probablement te dégotter quelque chose.
 — Aujourd'hui ?
 — Doucement, Roméo ! Je veux juste être sûr que tu sais où tu mets les pieds. Ça sera un téléphone trafiqué. Il n'aura rien de légal, O.K. ?
 — T'inquiète, je paierai les communications. Je veux juste ne pas être mis sur écoute. Si je prends un abonnement dans une boutique, j'aurai le FBI au bout du fil en moins d'une semaine.
 — Tu ne peux pas payer les communications, idiot ! Tu veux envoyer trente dollars anonymement aux télécoms pour un portable dont ils ignorent l'existence ?
 Bien vu. Mais je ne me tracasse pas pour rien. Kendra a pris une place dans ma vie où la raison n'a plus trop droit de cité.
 — Il me le faut quand même.
 — Tu l'auras, m'assure Ray. A condition de savoir ce que tu fais. Tu es toujours le premier à râler en disant que tu ne veux pas être mêlé aux affaires de ton père. Avec ce téléphone, tu seras en plein dedans. Elle doit vraiment compter, cette fille.

Chapitre sept

Je hausse les épaules.
— J'en sais rien. Je ne peux la comparer à personne d'autre. Si ça se trouve, c'est le truc le plus stupide que j'aie jamais fait de ma vie.
— Elle sait qui tu es ?
Je sursaute.
— T'es pas bien ! Évidemment que non !
Ray m'ébouriffe les cheveux, maintenant épouillés.
— Tu as le droit d'avoir dix-sept ans. Ça va sûrement à cent à l'heure dans ta petite tête en ce moment. Alors, écoute, tâche de te détendre et d'en profiter. Ça n'aura plus jamais le goût de la nouveauté comme aujourd'hui.

Ray est génial. Il a promis qu'il passerait ce soir avec le portable.

En quittant le Silver Slipper, je me rends compte que si dix-sept ans sous le même toit qu'Anthony Luca n'ont pas réussi à faire de moi un délinquant, moins d'une demi-heure dans le sous-sol de Kendra y a suffi.

Sur le chemin du retour, je m'arrête à une épicerie pour acheter l'équivalent de trente dollars de conserves et de céréales que je vais déposer à la banque alimentaire de Saint-Bartholomew. Disons que c'est un don de la facture mensuelle de mon téléphone portable fourni par les bons samaritains des télécoms.

8 FBI

KENDRA ET MOI CONTINUONS à nous voir, encore que « voir » ne soit peut-être pas le terme qui convient. On fréquente les salles obscures des cinémas, on passe des après-midi dans la pénombre de son sous-sol et des soirées dans ma Mazda, serrés l'un contre l'autre. Si Jimmy le Rat trouve mon coffre petit, il devrait essayer le siège arrière.

On se voit aussi en plein jour, mais plutôt au lycée, et toujours en compagnie d'Alex. Ce qui devient progressivement un problème dans la mesure où il déteste cordialement Kendra.

Ça n'a rien à voir avec elle. Il détesterait n'importe quelle fille dans sa position. Je m'aperçois que tout ce fatras imbécile à propos de sa prétendue vie amoureuse à travers moi est bien ce qu'il est : un fatras imbécile. Alex est tout simplement jaloux et je le lui dirais bien s'il ne me faisait autant pitié. Il s'étiole sur le banc de cette stupide équipe de foot, sans la moindre perspective de rencard pour compenser d'innombrables heures d'un entraînement brutal. Ses rembourrages d'épaules lui sont aussi utiles que ses Ferrari virtuelles. Le seul élément positif dans sa vie, c'était d'avoir son meilleur copain embarqué dans la même galère que lui. On pouvait passer des soirées et des week-ends entiers à essayer de trouver des solutions pour sortir de notre statut de minus. Et maintenant que je suis avec Kendra, il doit se débrouiller tout seul.

Il refuse de le reconnaître, évidemment. Il fait comme si Kendra était sa meilleure amie. Et avec moi, il dit : « notre copine » et « notre relation ».

Ce qui m'énerve.

– Elle n'est pas « notre copine ». Elle n'est même pas la mienne. On passe juste du temps ensemble.

– Non, précise-t-il d'un air sévère. Toi et moi, on passe du temps ensemble. Mais Kendra et toi, vous êtes dans le vif du sujet.

Il commence à me chauffer.

– On n'est pas « dans le vif du sujet ». Et d'ailleurs, qu'est-ce que ça veut dire au juste ? Tu ne peux pas t'exprimer clairement une bonne fois pour toutes !

– Appelle ça comme tu voudras tant que je suis au courant de tout, réplique-t-il d'un ton réprobateur.

La situation est épineuse.

Bien que nous n'ayons jamais signé aucun contrat particulier, il a toujours été convenu entre Alex et moi que nous échangerions toute information concernant les filles. Maintenant que j'ai matière à partager, je ne suis pas sûr de pouvoir le faire. Au lieu de faire preuve de loyauté vis-à-vis de Kendra, je me fais l'impression

Chapitre huit

d'être un indic. Comme toujours, une expérience vécue dans le bonheur par la plupart des gens se révèle pour moi une source de complications. D'un côté, il faut que je ménage Alex, de l'autre que je tâche de ne jamais me trouver dans la même pièce que l'agent Mords-Moi. Et pour finir, je dois garder les Luca dans l'ignorance de ma relation avec Kendra. C'est stressant !

Je passe des moments géniaux avec elle, presque trop géniaux. Je n'ai jamais été accro à quoi que ce soit, Dieu merci. Et j'avais du mal à imaginer comment on pouvait tomber dans ce genre de piège jusqu'à ce que je commence à sortir avec Kendra. Quand je veux la voir, il le faut à tout prix, et je suis prêt à faire des pieds et des mains pour y arriver. Je me trouverais niais, mais elle aussi ressent la même chose pour moi.

Le fait qu'elle soit occupée n'arrange rien. Kendra fait partie de ces gens qui ont toujours besoin d'avoir un agenda surchargé : il y a son travail à la halte-garderie, ses articles pour le *Jefferson Journal*, ses cours de perfectionnement de secourisme et, pour couronner le tout, quelques leçons de piano à des gosses. Je connais des PDG qui ont plus de temps libre !

Ne voulant pas passer pour un loser, je fais celui qui a autant d'occupations qu'elle. Je m'invente des tas de boulots à mi-temps pour justifier l'argent que j'ai toujours sur moi au cas où la fibre journalistique de Kendra ou son ADN d'agent du FBI la pousserait à me poser des questions à ce sujet. Ça vaut mieux que de lui dire la

vérité, à savoir que l'argent de poche donné par un parrain de la Mafia est assez considérable.
Le subterfuge n'est pas génial, mais il marche pour le moment. En réalité, pour être autant occupé que Kendra, il faut être motivé. Or à peu près tout le monde s'entend là-dessus, je ne le suis pas.
La seule chose qui me motive, c'est d'être avec Kendra. Parfois, l'unique façon d'y parvenir est de la conduire en voiture quelque part. Nous tirons le meilleur profit de ces petits voyages, on s'embrasse aux feux rouges et dans les bouchons. Je ne prends que des routes encombrées. Très vite, j'ai mémorisé les travaux de voirie en cours dans tout le comté de Nassau. Quand on roule et que je suis obligé de regarder la route, on s'amuse à faire des suppositions sur la vie secrète des piétons et des autres conducteurs. Je n'ai pas trop d'imagination, mais Kendra en déborde. Peut-être est-ce la raison pour laquelle elle se bat pour écrire dans le canard du lycée. La vérité n'est jamais aussi intéressante que la fiction.
— Tu as vu ce type dans la Cherokee ? me demande-t-elle. Il a bourré sa roue de secours avec les têtes de ses ex-femmes.
Je lui montre une innocente jeune femme qui promène un bébé dans un landau.
— Celle-là est au KGB.
— Non, c'est le bébé. La mère est un robot perfectionné. Regarde ! Elle a des caméras pivotantes à la place des yeux.
Comment voulez-vous que je rivalise avec elle ?

Chapitre huit

Une autre fois, on croise un type distingué portant un violon, et elle me dit :
— Faut pas nous faire le coup du violon. C'est une mitraillette qu'il y a là-dedans. Je repère un gangster à un kilomètre.

J'espère bien que non.

Je doute qu'elle puisse identifier mon père ou aucun de ses associés. Le problème, c'est qu'on a passé notre enfance entourés de personnages de mafieux inventés par la télé, et que la confrontation avec la réalité est toujours décevante. Papa pourrait très bien être l'huissier qui veille sur les votes à la cérémonie des Oscars. Ray est le sosie d'un des prêtres de Saint-Bart. Et oncle Sortie ressemble exactement à ce qu'il est : un vieux hippie, perles et vêtements bariolés compris. Une fois, il s'est fait arrêter pour meurtre parce que la police avait repéré le signe de la paix parmi les traces de strangulation de la victime. Finalement, il était innocent, mais j'admire le cheminement de pensée des flics. La seule différence entre l'oncle Sortie de maintenant et celui de l'époque de Woodstock, c'est que ses cheveux longs sont poivre et sel.

Oncle Gerbe est très rural comme type, la fourche en moins. Il a un gars dans son équipe qui est tellement dingue de pêche qu'il se balade toujours avec une pleine boîte d'appâts. Quant à oncle Rougeaud, pompier volontaire dans son autre vie, on le verrait assez bien débarquer au volant d'un camion de pompiers plutôt que dans sa Mercedes Kompressor.

Je me gare devant l'association où va Kendra et elle descend de voiture.

— Tu veux que je t'attende ? Avec tous ces mafiosi qui traînent dans le coin, dis-je en montrant l'homme au violon qui, soit dit en passant, est en smoking, je trouve le quartier plutôt dangereux.

Pour être franc, sortir avec quelqu'un de très occupé est aussi épuisant que d'être occupé soi-même. Sans doute ne suis-je qu'un papillon attiré par la lumière mais, chaque fois que la lumière bouge, je la suis. La lumière a un but, et moi je me contente de voleter autour.

Je fais mes devoirs à minuit ou pas du tout. Or à minuit chez les Luca, l'activité bat son plein. Dernièrement, oncle Oncle est « passé à la cave », ce qui signifie qu'un chargement de télés et de magnétoscopes est sur le point de tomber d'un camion à l'aéroport. Quand c'est le cas, on croirait une invasion de sauterelles. Dans les jours qui suivent, le moindre tiroir, le moindre placard est bourré de marchandises volées. Ils appellent ça leur trésor. A l'époque du grand braquage de la Japan Airlines l'an dernier, un matin j'ouvre mon casier du lycée et soixante organiseurs flambant neufs me tombent sur les pieds. C'est la dernière fois que j'ai filé le numéro de ma combinaison à Tommy.

En parlant du loup, il est là ce soir, penché sur mon épaule, en train de m'énerver pendant que je travaille sur *www.jaimemonchat.usa*.

— Comment ça se fait que tu connais tous ces proprios de chat ?

Chapitre huit

— Je ne les connais pas, dis-je en continuant à pianoter stoïquement. Mais tout le monde peut accéder à mon site à condition d'avoir Internet.
— Tout le monde ?
— Il suffit d'avoir un ordinateur et de se choisir un pourvoyeur d'accès. Moi, j'ai Internet par le câble. Après, tu n'as plus qu'à te connecter sur mon site pour lire ce que les gens racontent sur leurs chats. Tu peux envoyer un message par e-mail à la rubrique « Histoires de chats » et même l'accompagner d'une photo. Ou bien si tu as un chat à vendre ou que tu veux en acheter un, tu peux mettre une pub gratis à la rubrique « Marché Miaou ».

Je me prépare à une salve de remarques désobligeantes. Tommy n'est pas du genre diplomate. Mais il est fasciné.

— Et là, pourquoi tu as besoin du code postal ? Qu'est-ce que tu en as à faire de là où crèchent les gens ?
— Ça, c'est pour une autre fonction : le réseau des amis des chats. Si tu laisses ton code postal, je peux te mettre en relation avec d'autres dingues de chats de ta région qui ont envie de trouver quelqu'un à qui parler de leurs bestioles.
— Bon sang, Vince ! s'exclame-t-il, sincèrement admiratif, je savais que tu étais intelligent, mais je ne t'aurais jamais cru capable de faire un truc pareil.
— C'est pas aussi difficile que ça en a l'air. Il faut juste créer les liens, et le logiciel s'occupe du reste.

103

Il se racle la gorge ostensiblement.
— Chez moi, un lien, c'est un truc pour attacher quelqu'un, et un logiciel je sais pas ce que c'est.

Je regarde mon frère, le gars qui a laissé tomber l'école en première et qui, à ma connaissance, n'a jamais lu un livre de bout en bout.

— Dis, Tommy, tu n'as jamais pensé à faire autre chose que de bosser avec papa et les oncles ?

Il hausse les épaules.

— Qu'est-ce que je pourrais faire ?

— C'est justement la question. Tu ne sais même pas en quoi tu es doué. Tu t'es embarqué avec papa avant de savoir si tu avais d'autres choix.

— Il y a rien de mal à ce qu'il fait ! rétorque-t-il avec fougue. Tu avais une Porsche et tu en aurais encore une aujourd'hui si t'étais pas si boy-scout !

— Tu pourrais reprendre tes études...

— Est-ce que tu as idée de comment j'ai tout de suite détesté l'école ? Ça t'est jamais arrivé de te pointer quelque part et de sentir jusque dans tes tripes que c'est pas un endroit pour toi ? Et plus tu essayes, plus tu te plantes. Et puis il y a toutes ces règles qui ont l'air d'avoir été inventées rien que pour te torturer.

Je ne dis rien, mais Tommy vient de décrire très exactement ce que je ressens à l'égard des distributeurs.

— Qu'est-ce que tu veux que je te dise, Vince ? Je suis pas Einstein. Mais je suis assez malin pour le savoir. (Il me fait un petit sourire tordu.) Tu crois que j'ai pas compris que papa avait fait venir Ray pour m'empêcher

Chapitre huit

d'avoir des emmerdes ? Il dit que Ray dépend de moi, qu'il me doit un pourcentage sur ses rentrées. Mais tu sais ce qu'il est en réalité ? Une assurance anticonneries. Les conneries étant moi.

Il a l'air triste.

— Et il y a pas que Ray, ajoute-t-il. Quand papa m'a filé le business des chauffeurs de camions de ciment, je me suis retrouvé d'un coup avec oncle Biffeton sur le dos. Et puis il y a aussi le boulot en Floride où comme par hasard Gus le Grec était justement en vacances. Je me dis que papa en dit plus à ces mecs sur ce qui se trame vraiment qu'il m'en dit à moi. Il fait plus confiance à des étrangers qu'à son propre fils. Papa est persuadé que le FBI a introduit une taupe chez... (Il se reprend. On n'est pas à la cave.) Qu'ils nous ont infiltrés.

Voilà une pensée troublante. Les Luca considèrent les agents du FBI comme un désagrément amusant. Style : « Baisse la musique, Tommy. Agent Noix-Givrées ne s'entend pas penser. » Mais une taupe qui se fait passer pour un mafieux pourrait amasser pas mal de preuves sur nous. Je n'ai pas beaucoup d'admiration pour la façon dont papa gagne sa vie, mais je n'ai pas la moindre envie de le voir aller en prison. Si jamais le FBI parvenait à lui coller le meurtre de Calabrese sur le dos, il est bon pour la peine maximale, la mort. Et qui sait ce que les fédéraux pourraient imputer à Tommy ? A Ray et aux oncles ? Ils sont tous mouillés. Tous les gens que je connais disparaîtraient.

— Tu en es sûr ? je demande nerveusement.

Il secoue la tête.
— C'est bien le problème. Je saurai jamais ce que papa a dans le crâne, vu qu'il croit que je suis incapable de tenir ma langue. Même Mel en sait plus que moi et c'est qu'un avocat qui a épousé ma sœur. Comment papa peut être sûr que la taupe, c'est pas lui ? Il a même pas peur de lui.
— Parce que Mel est déjà occupé à avoir peur de Mira ! (Puis j'ajoute plus sérieusement) Je suppose que c'est ça l'embêtant avec une taupe. C'est toujours quelqu'un qu'on ne soupçonne pas. En qui on a confiance même.
— Eh ben, ça risque pas d'être moi, lâche tristement Tommy. Parce que papa me fait pas confiance pour un rond. Pas comme à Mel. Ou à toi si t'étais dedans.
— Papa sait que je ne veux rien avoir affaire avec la Mafia.
— Je crois que c'est ce qu'il respecte le plus, que tu refuses de te plier à ce qu'il veut. Et il sait que tu es intelligent. S'il te voyait faire ton Bill Gates à l'ordinateur, il serait très fier.

Parfois, parler avec Tommy ressemble presque à une conversation avec un être humain. J'en connais qui seraient plus amers. Mais Tommy dit les choses telles qu'il les ressent. Il est loin du citoyen modèle, mais il a des qualités.

Je me lève et lui propose de s'asseoir devant l'ordinateur.
— Internet, c'est pas sorcier. Attends, je vais te montrer...

9

Mauvaise nouvelle au chapitre Alex. Fiona, une fille du cours Nouveaux Médias, lui a envoyé un mail pour le féliciter de son site. Ce qui équivaut chez Alex à une déclaration d'amour éternel. Mais, quand il lui a proposé de sortir avec lui, elle a refusé.

— C'est un monstre, se plaint-il après les cours, le jour du drame. Elle m'a fait marcher juste pour avoir le plaisir de me rembarrer.

— Elle ne t'a pas fait marcher, j'essaye d'expliquer. Elle t'a entendu parler de ton site en classe et elle est allée voir à quoi il ressemblait. C'est tout.

— Elle m'a dit qu'elle avait un copain au Canada. Quelle menteuse ! Quand les nanas s'inventent un copain, il est toujours canadien. Il n'y en a jamais qui te font le coup du faux copain ouzbek.

— C'est peut-être vrai, dit Kendra pour calmer le jeu.

— Elle est immonde ! grogne Alex.

Croyez-le ou non, tout ça est plus ou moins ma faute. Autrefois, Alex m'aurait parlé du mail de Fiona et j'aurais eu le temps de le préparer au fait qu'il s'agissait d'un message amical d'une copine de classe. Mais hier soir, j'étais avec Kendra, injoignable. Et très heureux de l'être. J'imagine Alex devant son ordinateur en train de lire et de relire le mail pour la énième fois en se montant le bourrichon jusqu'à être convaincu que la fille est folle de lui. Et quand elle refuse ses avances, il est anéanti.

Je connais Alex et, du coup, je comprends qu'il est temps de cesser de discuter et qu'il faut maintenant abonder dans son sens. Oui, il a été affreusement trompé. Fiona est l'ennemi public numéro un et c'est une honte qu'il n'existe aucun tribunal pénal international chargé de réparer ce type d'injustice.

Malheureusement, Kendra ne bénéficie pas de mon expérience. Elle pense encore qu'il est possible de raisonner Alex.

— Si ça se trouve, ça ne devait pas se faire, propose-t-elle gentiment.

— Devait pas se faire ? Tu te prends pour qui ? La psy de service ?

— Alex...

— Je me suis mal exprimée, reconnaît Kendra. Ce que je voulais dire c'est que même si tu étais sorti avec elle, rien ne garantissait que ça vous aurait menés quelque part. Il arrive qu'on ne soit pas faits l'un pour l'autre.

L'expression que je lis sur le visage d'Alex me fait peur car je sais ce qu'il va dire. Si j'avais un bâillon, croyez-moi, je l'emploierais.

Chapitre neuf

— Tu as raison, Kendra, dit-il d'un ton un peu trop poli. Je connais un couple particulièrement mal assorti. C'est à peu près comme si un cobra sortait avec une mangouste. Est-ce que tu peux imaginer... ?

J'attrape Kendra par le bras.

— Allez, viens. Tu vas être en retard au boulot.

Tandis que je pousse Kendra vers la sortie, la fin de la phrase d'Alex résonne dans ma tête : « Est-ce que tu peux imaginer... un prince de la Mafia sortant avec la fille d'un agent du FBI ? »

Je lui jette un regard qui changerait la lave en glace, tout mon être concentré en un seul message : Ne t'aventure pas dans ces eaux-là.

La peur que je lis sur le visage d'Alex me surprend. Possible que j'aie réussi à me faire le regard Luca. Tommy sait le faire et papa est champion toutes catégories. En ce qui me concerne, c'est la première fois que j'y ai recours. Je n'en suis pas fier, mais Alex a passé les bornes. Il doit comprendre qu'il est temps de retourner vite fait d'où il vient.

Kendra est décontenancée.

— Vince, tu peux m'expliquer ce qui s'est passé ?

— Le cousin d'Alex divorce. Il est complètement chamboulé, mais je ne voulais pas qu'il s'en prenne à toi.

On marche vers le parking et je remarque tout de suite que quelqu'un est assis sur le capot de ma voiture. Je ne le reconnais pas. Sans œil au beurre noir, sans lèvre éclatée, et surtout débarrassé du sang qu'il avait partout, il n'est plus le même.

— Jimmy le Rat !
Jimmy se laisse glisser à terre.
— J'ai reconnu ta caisse. (Pas une simple affaire pour un type qui n'a vu que l'intérieur du coffre.) Comment ça va, Vince ?
Drôle de situation. L'usage voudrait que je présente Jimmy à Kendra, mais comme il vient parfois voir mon père, je m'en tiens à ça :
— Qu'est-ce que tu fais devant mon lycée ?
— Vous voudrez bien nous excuser, mademoiselle, dit-il à Kendra en m'entraînant à l'écart. J'ai quelque chose pour ton père. Il sort une grosse enveloppe de sa veste. Tu veux bien lui donner ça, s'il te plaît ?
Je ne fais aucun geste pour la prendre.
— Pourquoi tu ne lui donnes pas toi-même ? Il n'y a pas quelqu'un chargé du courrier ? Oncle Surin ou un de ses gars ?
Il se tortille, se dandine, et son nez bouge. Je comprends pourquoi il a hérité de son surnom. Pas seulement parce qu'il s'appelle James Ratelli.
— L'enveloppe est un peu moins grosse que prévu. Et ton oncle Surin est plutôt chatouilleux avec ça. Ton père aussi, et je parle pas de ton frère. Mais toi, Vince, tu es raisonnable. Je le sais depuis nos affaires passées.
— Quelles affaires passées ? (Surprenant le regard interrogateur de Kendra, je baisse la voix.) On n'a pas d'affaires passées ! Tu étais enfermé dans le coffre de ma voiture !
— Et tu t'es montré raisonnable, répète-t-il. Tu auras

Chapitre neuf

aucun mal à expliquer à ton vieux que j'ai besoin de quelques jours supplémentaires pour lui rendre le reste du pognon. Dis-lui que je suis sincère.
— Non ! Je n'ai rien à voir avec ça ! Écoute, Jimmy, je suis désolé que tu aies des ennuis, mais il va falloir que tu trouves un autre moyen de t'en sortir.
Il m'attrape par le blouson.
— Sois pas cruel, Vince ! sanglote-t-il. Surin adore couper les doigts ! Quand on te casse le nez, tu le gardes ! Mais les doigts, ça repousse pas !

Là, tout à coup, sur le parking de mon lycée, j'ai un flash-back assez glauque. Je dois avoir huit ou neuf ans. Alex et moi rentrons à la maison à vélo. Il y a une poignée d'oncles dans le jardin, Tommy est avec eux. Ça se passe juste après qu'il a quitté l'école pour travailler avec papa. Je me souviens du brouhaha joyeux qui suivait la fin d'un « boulot ». Cela dit, à l'époque, je n'ai aucune idée de la nature de ces « boulots ». Oncle Surin (je le revois très nettement) est debout devant le robinet du jardin, un large sourire aux lèvres. Il est en train de rincer les lames affûtées d'une paire de tenailles.

L'espace d'une seconde, j'ai l'impression que je vais tourner de l'œil. Si Jimmy ne s'agrippait pas comme un dingue à mon blouson, je tomberais par terre.

Je lui arrache l'enveloppe des mains.
— Je... je vais voir ce que je peux faire.
Jimmy me saute au cou, moitié sanglotant moitié m'embrassant la main. J'essaye de le repousser en blablatant n'importe quoi.

— Ça ne marchera peut-être pas ! Je ne sais pas s'ils m'écouteront.

A cet instant, je hais mon père. L'hypothèse d'avoir un tel pouvoir sur le sort d'un individu me donne envie de crier. Mais je me retiens car, dans un coin de ma tête, je suis déjà en train de me demander ce que je vais bien pouvoir donner comme explication à Kendra.

Je lui dis de monter dans la voiture et je démarre dans un hurlement de pneus. Je dois avoir l'air méchamment secoué pour qu'elle me demande :

— Qu'est-ce qui s'est passé avec ce type, Vince ? On dirait que tu as vu un fantôme.

C'est le cas en effet. L'image de ces tenailles humides brillant à la lumière du soleil ne me quitte pas.

La maternelle Bellmore se trouve dans une vieille école élémentaire à quelques encablures de chez nous. La halte-garderie est située au rez-de-chaussée et le club du troisième âge au premier. Ce qui ne manque pas de sel, me fait remarquer Kendra, quand on songe que les personnes âgées ont des difficultés à monter l'escalier alors que les gosses ont toujours l'air d'avoir assez d'énergie pour faire l'ascension de l'Everest.

Kendra s'occupe des tout-petits, des enfants de deux ans à peine. A les voir se jeter dans ses bras, à notre arrivée, on a l'impression qu'ils l'adorent. Mais voilà qu'ils m'embrassent aussi et je m'aperçois qu'à deux ans on ne fait pas de distinction.

Chapitre neuf

Le souvenir des poux me revient et je passe à la poignée de main. Les gosses me regardent comme si j'étais siphonné.

Au bout de cinq minutes, je comprends pourquoi Kendra est épuisée en sortant du boulot. On fait des jeux, on chante, on défile, on danse.

— A quelle heure est la sieste ? je demande plein d'espoir.

Mauvaise nouvelle. On vient de la rater.

Roxy, le lapin des enfants, s'échappe de sa cage et c'est la panique générale. Dans la mêlée, une petite fille court vers moi pour me donner un bout de papier. Je la regarde avec des yeux ronds. C'est un billet de cent dollars.

— Mais qu'est-ce que... ?

Un bambin passe en trombe, de l'argent plein les mains.

Une pensée irrationnelle me traverse l'esprit : non mais c'est qui, ces parents qui laissent leurs gosses à la halte-garderie avec des liasses de billets dans les poches ?

Puis je comprends ! La chaise sur laquelle j'avais posé mon blouson s'est renversée et l'enveloppe de Jimmy le Rat est à moitié sortie de ma poche. Les enfants se bousculent pour avoir chacun leur part.

Je me précipite comme un sauvage, arrachant les billets aux petites mains. Les gamins se mettent dans un état pas possible. Je m'en fiche. Jimmy le Rat m'a confié cet argent et je ne sais même pas combien il y a dans l'enveloppe, mais le remboursement est mince et il est en train de le devenir encore plus. Le lapin s'y est mis aussi et grignote un billet de cinquante dollars. Et qui sait combien le hamster en a mis de côté ? A présent je suis au centre d'un chœur de larmes et de cris de rage. Kendra et ses collègues sont furieuses.

— Vince, qu'est-ce qui se... ? Elle regarde avec stupéfaction la petite fortune que j'ai entre les mains. Où est-ce que tu as trouvé tout cet argent ?

— C'est les gosses ! je crie sans réfléchir.

— Quoi ?

Ce coup-ci, c'est foutu. Je n'ai plus qu'à lui avouer que Jimmy le Rat m'a donné cet argent pour papa.

Elle n'en revient pas.

— Mais il fait quoi comme boulot, ton père ?

— Il s'occupe d'investissements, je réponds, reprenant mes esprits.

— Comme à la Bourse ?

— Voilà. Sauf qu'il ne va pas à New York. Il travaille d'ici, de Long Island.

— On ne fait pas de transactions boursières à coups d'enveloppes bourrées de billets de cent dollars. Tout se fait par ordinateur, dit-elle d'un air sceptique.

Mon cœur se serre, je remarque qu'elle a sa tête de journaliste.

La compassion dont elle faisait preuve quand j'étais si mal sur le parking du lycée a disparu. Il faut

Chapitre neuf

que je trouve le moyen de lui dire la vérité sans lui dire la vérité. Je suis quasi pris de nausée en réalisant soudain que de mon prochain bluff dépend le fait que j'aie ou non une copine dans cinq minutes.

— Ce type, Jimmy, tu as bien vu qu'il ne roulait pas sur l'or. Dans une vraie banque, au premier coup d'œil, on le jette. C'est là que mon père intervient. Sa boîte investit dans des gens comme lui et, comme ça se passe en dehors du circuit officiel des banques, les paiements se font parfois en espèces.

— C'est un genre de service social ? Une banque pour déshérités ?

— Exactement !

Elle n'est pas géniale, Kendra ? Anthony Luca est bardé d'avocats et pas un n'a trouvé une façon aussi positive de décrire son activité d'usurier.

— Dis, tu crois que ton père accepterait que je l'interviewe pour le *Jefferson Journal* ? dit-elle soudain. Je suis sûre que les jeunes n'ont jamais entendu parler de son boulot.

— Mon père ne parle jamais de son travail, je m'empresse de répondre. C'est la règle à la maison.

Elle hoche la tête sagement.

— Mon père, c'est pareil. Une vraie tombe. Quand j'étais petite, des preuves ont été détruites à la maison et, depuis, papa ne dit même plus à maman sur quoi il enquête.

Mais oui, bien sûr. Honnête Abe Luca et l'agent Mords-Moi, parfois j'ai du mal à les distinguer.

115

Papa prend l'enveloppe de Jimmy le Rat sans la regarder. Il n'a d'yeux que pour moi.
— Comment se fait-il que tu fasses le boulot d'oncle Surin ?
Ça se passe à la cave dans le coin atelier bois, on est assis tout de guingois sur des chaises bancales. Ray et Tommy sont de la partie. J'essaye de ne pas regarder un énorme clapier en pin, dernier projet de papa, posé à trois mètres de là, un marteau de charpentier coincé dans une fente sur le côté, témoignant clairement de son énervement.
— Je ne fais pas son boulot ! C'est juste que Jimmy est venu me demander d'intercéder en sa faveur pour que tu lui donnes plus de temps.
— Il se sert de toi, Vince ! s'emporte Tommy. Est-ce qu'il va falloir que je refoute ce gros tas dans le coffre de la voiture ?
— Non ! Il voulait avoir affaire à moi parce qu'oncle Surin le stresse.
— C'est justement l'intérêt de Surin. Il garde les Jimmy le Rat stressés bien comme il faut, explique Ray.
— Tu aurais dû le voir, papa. Il était terrifié ! Il croit qu'oncle Surin va lui couper les doigts.
Papa se renverse sur son siège et manque se casser la figure.
— Tu ne veux pas être mêlé à mes affaires, Vince. Très bien. Alors comment se fait-il que tu te permettes de m'expliquer comment les diriger ?

Chapitre neuf

Je m'apprête à y aller de mon couplet quand je surprends un regard de Ray et je fais marche arrière toute. Je n'ai rien à dire à Anthony Luca qu'il n'ait déjà entendu des millions de fois de ma part, de celle du FBI, des médias et d'une population hors d'elle. Il était dans la Mafia bien avant ma naissance, et ce n'est pas ce soir que je trouverai les arguments pour le faire changer d'avis. Sans compter que ça n'arrangera sûrement pas les affaires de Jimmy le Rat si je mets papa en colère.

Alors, je dis :
— C'est jamais que six cents dollars. Qu'est-ce que ça représente pour toi ?
— Il ne s'agit pas seulement des six cents dollars de Jimmy le Rat, avance Ray. Mais d'un tas de six cents dollars d'un tas de Jimmy le Rat. Des types comme lui, bouchés, sympas et cons. Je n'ai pas envie qu'on fasse du mal à un mec comme ça, mais je n'ai pas envie non plus qu'on paye si le bruit se répand que le clan ne défend pas ses intérêts.

Ray et Tommy tentent de me mettre en garde, mais je continue de travailler papa au corps :
— C'est un minable, et toi, tu es tout-puissant. Fiche-lui la paix, d'accord ? Je suis sûr que si tu lui laisses une chance de se refaire, il te rendra ton argent.
— Tu sais pas de quoi tu parles ! rugit Tommy. Cet escroc de troisième zone, faux derche comme pas deux, te raconte des salades !

117

Mais papa le fait taire d'un regard. Puis il se tourne vers moi.
— Dix-sept ans que j'attends de voir ce qui te fait bouger, Vince ! Et c'est ça ? Jimmy le Rat ? Je suppose qu'il t'a fait pleurer avec sa femme et ses enfants. Ça te surprendrait d'apprendre qu'il est un célibataire endurci ?

Je ne m'avoue pas vaincu.
— Laisse-le tranquille, papa, s'il te plaît.

Mon père se lève.
— Je lui donne une semaine. Et chaque dollar en moins est pour ta pomme.

Tommy est outré.
— Mais enfin, papa ! Si on est coulants avec un nain comme Jimmy, plus personne ne nous respectera !
— Qui te parle d'être coulant ? Dorénavant, Vince se porte garant pour Jimmy. Si tu as un problème avec Jimmy, adresse-toi à Vince.

Je ne suis pas bien sûr d'apprécier cette dernière remarque. Mais ne voulant pas insister, je dis juste :
— Merci, papa. Tu ne le regretteras pas.
— Si jamais on apprend qu'il suffit d'aller trouver Vince pour faire sauter une traite, il va falloir agrandir le parking de son lycée, intervient Ray.
— C'est son problème, réplique mon père.

Et à moi :
— J'espère que tu sais où tu mets les pieds.

Je l'espère aussi.

10

J'APPELLE JIMMY LE RAT au seul numéro que j'ai, celui de son bar, Retour à l'Envoyeur. Avec un nom pareil, je me demande s'il reçoit du courrier. Personne n'est sans doute là assez tôt le matin pour dissiper les malentendus avec le facteur.

J'ai essayé de le joindre toute la journée, sans succès. Quand j'y parviens enfin, je suis en route pour aller chercher Kendra.

Je sais que ça a l'air impossible, mais au moment où il décroche, « j'entends » toute la fumée du bar. A l'énoncé de la bonne nouvelle, Jimmy pleure et ça me réchauffe le cœur. Je sens que j'ai accompli quelque chose d'important et pas seulement pour lui. Pour papa et Tommy aussi. Je les ai empêchés de commettre un autre délit. Ça peut paraître dérisoire, mais pour moi c'est beaucoup.

— Tu es tranquille jusqu'à vendredi prochain, dis-je en conclusion. Voyons-nous jeudi après-midi pour que tu me rendes l'argent.

— Pas de problème, approuve Jimmy. Je sais où te trouver.

Un petit signal d'alarme résonne dans ma tête.

– Je crois qu'il vaudrait mieux se donner une heure précise...

Allez savoir pourquoi, la communication est interrompue et impossible de le joindre ensuite. Le problème vient sûrement de sa ligne, puisque mon portable est neuf.

Je ne passe jamais prendre Kendra chez elle sauf quand je sais que ses parents ne sont pas là. On se retrouve toujours quelque part. Aujourd'hui, c'est devant la librairie où je suis censé travailler, un de mes prétendus boulots. Possible que je n'aie pas d'avenir dans les distributeurs, mais je possède déjà à fond la partie baratin. Ça fait plaisir de savoir que de sortir avec une fille révèle ce qu'il y a de meilleur en moi.

– C'était comment le boulot ? demande Kendra en se glissant à mes côtés.

– Toujours la même chose.

Nos mains s'étreignent sur le levier de vitesses.

– Qu'est-ce qu'on fait ce soir ? demande-t-elle.

– C'est une surprise.

Essayer de deviner la rend folle, mais je ne lâche pas le morceau. Au bout d'un moment, je finis quand même par remonter Sunrise Highway à fond de train, Kendra accrochée à moi, quasi sur mon siège, me suppliant de lui dire ce que c'est.

– Tu vois ce type ? dis-je en lui montrant un vieux bonhomme tout maigre qui sort péniblement d'une Coccinelle. C'est le Père Noël en cure d'amaigrissement.

Elle ne mord pas à l'hameçon.

Chapitre dix

— Allez, dis-moi.

Je m'amuse tellement à la torturer que je passe devant l'endroit sans m'arrêter, puis je fais demi-tour et je me gare sur le parking.

Le Rio Grande est un restaurant, mais l'intérêt, c'est qu'il fait bar karaoké. Ce qui va permettre à Kendra de chanter, devant un vrai public.

Elle devient toute pâle.

— Je ne pourrai jamais.

— Mais si, tu pourras. Tu es géniale !

— Non.

— De toute façon, il faut bien manger, est l'argument dont je me sers pour la faire entrer.

Qui sait, une enchilada la fera peut-être changer d'avis.

Le repas est délicieux. Les plats sont si épicés qu'on descend Coca sur Coca comme de l'eau après un marathon. A huit heures, quand commence le karaoké, on est tout excités à force de sucre et de caféine. Notre table se trouve dans un des box disposés en cercle autour de la piste centrale, aux premières loges pour ainsi dire.

Les « artistes » qui ouvrent les festivités sont consternants. Des rires et des sifflets fusent de tout le restaurant, mais ça n'empêche personne de continuer à s'époumoner, même sous les tirs nourris de cerises et de tacos. Ce déballage de cruauté me glace, mais je finis par comprendre que le spectacle est là. Les chanteurs savent pertinemment qu'ils sont mauvais comme des cochons. Alors, plus le public les hue, plus ils en rajoutent.

Kendra est fascinée, on croirait qu'elle est en train de regarder la mer Rouge s'ouvrir en deux au lieu d'un gros type qui chante *I'm Too Sexy*... Pour être franc, c'est le seul que le public a l'air d'apprécier. Il a droit à une *standing ovation*. Surtout quand il ouvre sa chemise, supposée le rendre si sexy. On frôle l'émeute.

J'essaie de prendre Kendra par les épaules, mais elle se raidit. Je me demande finalement si c'était une bonne idée. Une étudiante chante un classique de musique soul (elle n'est d'ailleurs pas mauvaise), quand je glisse à Kendra :

— On ferait peut-être bien d'y aller.

Elle me désigne l'étudiante.

— Tu la trouves si bonne que ça ?

— Je n'ai jamais dit qu'elle... (Et je comprends le vrai sens de la question.) Elle ne t'arrive pas à la cheville, Kendra.

Alors, elle prend une profonde inspiration, passe les doigts dans ses cheveux et tire sur son teeshirt.

— Si je suis nulle, je t'en voudrai jusqu'à la fin de tes jours de m'avoir emmenée ici.

Quand Hannibal a pointé ses éléphants vers les Alpes en criant « hue ! », il devait avoir le regard de Kendra se dirigeant vers ce micro.

Elle met carrément le feu ! Non, pas vraiment, mais personne ne lui jette de fruits, ce qui n'est pas rien compte tenu du public. Au début, elle a le trac mais

Chapitre dix

elle finit par se lâcher, chantant avec fougue toutes sortes de morceaux, ça va de *What a Girl Wants* de Christina Aguilera à *Stairway to Heaven* de Led Zeppelin. Au bout de la troisième ou quatrième chanson, elle est en passe d'acquérir un petit groupe de fans. N'oubliez pas que l'endroit fait bar. Kendra et moi ne buvons pas d'alcool, mais ce n'est pas le cas de la plupart des clients dont le niveau d'appréciation musicale semble grimper avec celui de leur ébriété.

— Tu fais un tabac ! je lui crie.

Elle m'attrape par le bras.

— Lève-toi !

— Mais je ne sais pas...

— J'ai besoin d'un choriste.

Bref, si Kendra ne craint pas, moi si. Je me prends quelques cerises qui font mouche à tous les coups alors qu'elle est épargnée. Des agresseurs très sélectifs, ces clients.

On s'est rassis à notre table quand un grand type cadavérique en pantalon et col roulé noirs vient la remplacer. En le reconnaissant, je manque aspirer ma paille par le nez. Une chance qu'il y ait de la musique sinon je crois que je hurlerais. C'est oncle Pampers !

L'idée d'oncle Pampers dans un karaoké me donne envie de rire et de vomir en même temps. Oncle Pampers occupe une place très particulière dans l'organisation de papa. On ne le voit jamais en compagnie des autres oncles. Ils ont probablement peur de lui. Et, pour être honnête, papa aussi sans doute. Son surnom vient de là. Si en ouvrant votre porte, vous tombez nez à nez avec oncle Pampers, vous... euh... vous m'avez compris. « J'espère que le mec a mis une Pampers », blague toujours un des oncles chaque fois que papa l'envoie rendre une petite visite à quelqu'un. Du moins, c'est la version de Tommy. Je n'ai abordé le sujet avec papa qu'une fois et ça l'a mis carrément mal à l'aise, comme si je lui avais demandé de me parler sexualité.

Le titre officiel d'oncle Pampers est : Éliminateur de problèmes. Style : « Vous avez un problème, faites appel à votre oncle Pampers et il vous l'éliminera. » J'ai entendu aussi qu'on l'appelait Flingue-Problèmes en insistant bien sur le mot « flingue ». Cela dit, Tommy m'a assuré qu'oncle Pampers préférait travailler avec des outils plus silencieux. Un exemple : Mario Calabrese a été étranglé avec le cordon de son walkman en faisant son jogging. Naturellement, le crime n'a jamais été élucidé. Mais si c'est papa qui l'a commandité, l'exécuteur du sale boulot est sûrement oncle Pampers.

Personne ne m'a jamais dit explicitement que les « problèmes » qu'il avait à éliminer étaient des personnes. J'en suis arrivé seul à cette conclusion en voyant comment les oncles, leurs femmes et même papa gardaient leurs distances avec lui. Aux réunions de famille, il joue souvent avec les tout-petits. Autrefois, je pensais que c'était parce qu'il aimait les enfants, mais j'ai compris depuis que seuls les enfants

Chapitre dix

pouvaient regarder oncle Pampers sans penser à la nature de son gagne-pain.

Et voilà qu'il est au Rio Grande. Je me tasse sur mon siège. Avoir une petite conversation amicale du genre : « Qu'est-ce que tu fais ces temps-ci ? » avec un tueur professionnel est bien la dernière chose dont j'ai besoin en ce moment. A oublier quand on sort avec une fille et à fourrer dans le même sac qu'avoir un type inconscient dans le coffre de sa voiture. Surtout quand la fille s'appelle Kendra et que son père a sans doute un dossier sur oncle Pampers encore plus épais que celui sur mon père.

Oncle Pampers boit une dernière gorgée et s'approche du micro. Plus les secondes passent et plus cette soirée tourne au comique absurde. Oncle Pampers chanteur ? Il faut absolument que j'entende ça !

Sur les accords d'une guitare qui vont s'amplifiant, l'ange exterminateur des distributeurs se lance dans une interprétation plaintive et nasillarde d'un vieux tube de country intitulé *The Lowdown Blues*.

Une ombrelle en papier rebondit sur son nez et je retiens mon souffle, redoutant qu'oncle Pampers se livre à la première ablation de la rate jamais exécutée dans un bar karaoké sur le type qui a osé faire ça. Mais non, il continue de pousser sa chansonnette. Et le son est si mauvais qu'il faut bien une minute à l'assistance pour se rendre compte qu'il est tout simplement génial. Il ne se contente pas de chanter, il gémit, hurle, se lamente et vocalise. Il vocalise ! Si quelqu'un m'avait dit un jour que soit la lune tomberait du ciel, soit oncle Pampers ferait des vocalises, j'aurais tout misé sur la lune. Et pourtant, il est là, régalant l'assistance d'un numéro qui peut rivaliser sans problème avec Hank Williams lui-même. Et pas le fils, le père !

A la fin, un tonnerre d'applaudissements éclate dans tout le Rio Grande. Oncle Pampers remporte le titre de roi du karaoké. Je suis sûr que personne dans le resto n'aime ce genre de musique, et pourtant le public est vaincu. Ce qui est toujours le cas avec oncle Pampers mais, cette fois, il n'a pas eu besoin de menacer quiconque de mort. Inconscient de l'admiration qu'il suscite, il retourne siroter tranquillement son verre au bar.

Kendra est toute rose d'excitation.

– C'était génial ! Allons le féliciter !

Oh, oh.

– Il a plutôt l'air réservé comme mec. On ferait peut-être mieux de le laisser tranquille.

Il faut un bon moment pour que le calme revienne dans la salle. Personne ne veut prendre la suite d'oncle Pampers. Un pauvre nase se décide enfin à braver les injures et les choses reprennent leur cours. Kendra se lève encore une fois ou deux pour chanter, mais je refuse d'être à nouveau son choriste (du moins jusqu'au départ d'oncle Pampers). Départ avant lequel il offre un rappel de vocalises avec une chanson à pleurer qui parle d'une camionnette en miettes et d'un chien à trois pattes.

Chapitre dix

Oncle Pampers parti, je pousse un soupir de soulagement.

Il est presque vingt-trois heures quand je fais signe à la serveuse. Elle me lance un regard interrogateur.

– Je voudrais l'addition, s'il vous plaît.

Elle a l'air embêtée.

– C'est déjà payé.

Je n'en reviens pas.

– Par qui ?

– Le grand qui chantait les chansons de Hank Williams. Et plutôt généreux avec ça.

Jusqu'à ce qu'on arrive à la voiture, Kendra ne me lâche plus.

– Pourquoi tu ne m'as pas dit que tu le connaissais ?

– Parce que je ne le connais pas. C'est juste un type qui fait des... bricoles pour mon père. Je n'étais même pas sûr que c'était lui.

Kendra ne dit plus rien, mais en traversant le parking je m'aperçois qu'elle a sa tête de journaliste. A moins que ce soit celle de la fille qui reconnaît les gangsters à un kilomètre juste après en avoir écouté un faire des vocalises.

Cela dit, une fois dans la Mazda, tout roule. On se jette immédiatement dans les bras l'un de l'autre, une étreinte devenue à la fois excitante et familière.

– J'ai passé une super soirée, Vince. Merci de m'avoir donné le courage de le faire, me murmure-t-elle dans le creux de l'oreille.

– Tu étais la meilleure.

Franchement, elle n'occupait que la deuxième place, mais je n'ai pas du tout la tête à ramener oncle Pampers sur le tapis.

— Tiens, qu'est-ce que tu fais vendredi prochain ? me demande-t-elle brusquement.

— Ça, dis-je en l'embrassant.

— Sérieusement, insiste-t-elle dans un éclat de rire. Qu'est-ce que tu dirais de venir dîner à la maison ?

Il paraît que quand on a un accident de voiture, il y a une nanoseconde pendant laquelle on voit ce qui va arriver.

Voilà, j'y suis. La table de salle à manger de l'agent Mords-Moi me fonce dessus à plus de cent à l'heure et je ne trouve plus la pédale de frein.

Kendra sent que quelque chose ne va pas.

— Qu'est-ce qu'il y a ?

— Rien. C'est juste que... Tu as parlé de moi à tes parents ?

— Évidemment. A ma mère en tout cas. Mon père travaille énormément, je ne l'ai pas beaucoup vu ces temps-ci. Mais ils ne sont pas débiles, tu sais. Ils ont compris que je sortais avec quelqu'un.

— Écoute, euh... (je m'agrippe à un dernier espoir), tu crois que c'est utile de mêler les parents à notre histoire dès maintenant ? Ça ne fait que trois semaines qu'on sort ensemble.

Kendra ne sait plus à quoi s'en tenir.

— Je n'ai pas parlé de rendez-vous chez le traiteur pour choisir les hors-d'œuvre de notre mariage ! Il

Chapitre dix

s'agit juste d'un dîner. Mes copines viennent tout le temps à la maison. Qu'est-ce qu'il y a de différent ?

— Pour commencer, ton père n'a pas mis leur maison sur écoute.

— Ce qui se passe entre nous, Kendra, est tellement génial. Je crois que je n'ai pas envie qu'on le gâche. Et j'ai peur qu'avec les parents ça change.

Elle est toute troublée.

— Tu es en train de me dire que tu ne rencontreras jamais mes parents et moi les tiens ?

— Bien sûr que non, je m'insurge. (En réalité, je ne vois pas comment il pourrait en être autrement.) Mais j'aimerais que ça reste encore notre chose un moment. Quand on sera vraiment solides, on saura comment faire face à la pression.

« Notre chose » ! Quelle expression malheureuse. En italien « notre chose » se dit *cosa nostra*.

Kendra n'est pas seulement silencieuse. Il y a une tonne de ressentiments dans ce silence. J'ai franchi une ligne.

— Qu'est-ce qu'il y a ? je demande avec douceur.

Elle secoue la tête.

— J'en sais rien. J'ai l'impression que tu me caches quelque chose. On dirait que tu as un secret.

J'essaye d'esquiver par une blague :

— Tout le monde a une double vie. Du moins tous ceux qu'on croise en voiture. Tu te souviens de cette bonne sœur qui travaillait pour le Mossad...

Je ne finis pas ma phrase.

Kendra ne me laissera pas m'en sortir comme ça.
— Il y a quelque chose qui cloche. Ou c'est toi ou c'est moi, mais ça ne va pas.
— C'est temporaire. Quand ça fera plus longtemps qu'on est ensemble, je te promets de ne pas en faire toute une histoire.
Elle me regarde d'un air sceptique.
— Mais un jour tu viendras dîner chez mes parents ?
— Bien sûr. Un jour.
Le prochain âge de glace viendra un jour aussi.

11

— Au fait, Vince, comment ça se fait que tu ne m'as jamais dit que tu avais une copine ? J'aimerais vérifier ce qui se passe sur *www.jaimemonchat.usa* mais Tommy squatte mon ordinateur. Depuis ma minileçon de l'autre jour, il est devenu complètement accro. Pour tout dire, ça m'épate plus que ça ne m'embête. Je n'aurais jamais cru pouvoir un jour classer mon frère dans la catégorie des internautes.

— C'est pas ma copine. On sort ensemble depuis quelques semaines. Qui te l'a dit ? Tu as arraché l'info à Alex ?

— Non, dit-il en se marrant. Oncle Pampers vous a vus dans je ne sais quel resto mexicain.

— Oncle Pampers est venu ici hier soir ?

Nous ne sommes que dimanche matin.

Tommy acquiesce.

— Un truc à faire.

Incroyable ! Le type est venu directement après ses vocalises faire un truc. Faire un truc !

Tommy surprend mon air dégoûté.

— Doucement, Elliot Ness. On avait juste besoin qu'il aille avec Zéro Tarin mettre les points sur les i à un mec. Un ami de ton copain Jimmy le Rat.

Mon frère n'a pas arrêté une seconde de me bassiner avec cette histoire de Jimmy le Rat. Et, curieusement, il a trouvé un allié en Ray. Mais si Tommy raconte à qui veut l'entendre que papa est fou de rage, Ray dit seulement que ce n'est pas une bonne chose pour le business. Je n'en suis pas si sûr. On peut accuser Anthony Luca de bien des maux, mais pas d'être stupide.

Si un agent double a infiltré l'organisation, papa pense sans doute que de me jeter au milieu de la bataille peut le déstabiliser. Après tout, le business des distributeurs est aussi structuré qu'une légion romaine, avec lieutenants, soldats, hiérarchie. Laisser un jeune homme de dix-sept ans blanc comme neige accomplir une mission de charité risque de perturber l'enquête. Surtout si c'est moi car les oncles ne savent jamais trop sur quel pied danser en ce qui me concerne.

D'un côté, je suis hors du coup, et ça c'est sur ordre de papa. Et de l'autre, je suis le fils du patron, ce qui me met dans le coup autant qu'on puisse l'être. De toutes les façons, les oncles sont obligés de faire avec moi, ne serait-ce que parce que la maison fait office de quartier général pour le business et la salle à manger d'intendance. Pour le meilleur comme pour le pire, nous sommes condamnés à fouler le même terrain. Je serais incapable de dire le nombre de fois où il m'est

Chapitre onze

arrivé de descendre encore pieds nus à la cuisine et de me retrouver contraint de partager le contenu de la cafetière avec un oncle ou un soldat pas encore couché. Et de m'apercevoir quand je finis par y voir clair que le type en question tient une poche de glace sur la tête à l'endroit où il a visiblement pris un coup de barre de fer ou de batte de base-ball. Mais ni lui ni moi n'abordons le sujet puisque je suis « hors du coup ». On parle de la pluie et du beau temps en buvant notre café pendant qu'il pisse le sang et que je me demande si tout ça est bien réel ou s'il s'agit d'un film délirant à la Fellini. Quant à ce qu'il pense, mystère !

Si taupe il y a, elle doit forcément être déconcertée par mon rôle. M'envoyer collecter de l'argent auprès d'un crétin patenté pourrait servir de parfait écran.

Cela dit, il est plus probable que papa me laisse juste en faire à ma guise. Me trouvant démotivé, il attend de voir ce qui sort de moi quand je me consacre pleinement à quelque chose. Un peu comme le fermier qui fait cadeau à son fils d'un agneau ou d'un petit cochon à élever. Jimmy le Rat est mon petit cochon à moi, ce qui est particulièrement bien vu quand on songe à l'hygiène du spécimen. Je ne suis pas bien sûr de la façon dont ça se passe à la ferme, mais je crains que les bébés animaux finissent comme les autres : à l'abattoir. Une leçon destinée aux enfants, pour leur montrer toute la cruauté du monde.

J'ose espérer que ce n'est pas ce qui nous attend, Jimmy et moi.

Tommy se lève et je reprends ma place devant l'ordinateur.
— Me fais pas dire ce que j'ai pas dit, Vince. Je suis super content que tu aies enfin une copine. L'autre fois, quand tu as merdé avec Cece, j'ai cru que tu étais...
— Écoute, j'ai beaucoup de boulot.
Tous les sites du cours Nouveaux Médias sont maintenant conçus et opérationnels. Certains génèrent déjà un peu de trafic. M. Mullinicks prétend que les premières connexions sont le fait de parents fiers de leur progéniture. Ce qui explique que *jaimemonchat.usa* soit à la traîne de tous les autres. Les seuls ordinateurs que nous possédons se vendent au cul des camions.

A la grande contrariété d'Alex, Fiona, qu'il appelle maintenant l'Odieuse, peut se targuer d'avoir le meilleur site de la classe : *www.cyberpharaon.com*. Elle est fan d'Égypte ancienne et je trouve ça plutôt sympa. Pas Alex qui ne lui pardonnera jamais de ne pas être fan d'Alex Tarkanian.

— C'est ridicule ! grogne-t-il. Tu as une idée du nombre de sites d'égyptologie sur le web ?

— Et alors ? Il y a sûrement un paquet d'amateurs aussi, elle a dépassé les cent connexions la première semaine.

— Je lui souhaite de se faire écrabouiller par une pyramide, grommelle-t-il. Égyptologie ! T'as qu'à te la mettre dans le sphinx ! (Geste obscène.)

Misterferrari.com arrive bizarrement en deuxième position avec soixante connexions.

Chapitre onze

Je mettrais ma tête à couper qu'aucune n'est le fait d'un propriétaire de Ferrari. A en juger par le style des messages laissés sur le tableau de bord d'Alex, le véhicule préféré de ceux qui ont choisi son site est probablement le tricycle.

Mais je ferais mieux de me taire, car jusqu'à maintenant je n'ai eu en tout et pour tout qu'une connexion. Elle vient d'une mamie de quatre-vingt-cinq ans qui habite le Maryland. Au sens strict du terme, elle n'est même pas propriétaire de chat puisque le sien est mort l'été dernier. Mais ça ne l'empêche pas de raconter l'histoire de Moumousse en long en large et en travers à la rubrique « Histoires de chats ». On ne peut pas dire que je brille par mon site.

Jusqu'à aujourd'hui. Je lance Internet, j'ouvre *jaimemonchat.usa* et je consulte le compteur... Quarante-sept.

Quarante-sept connexions en une nuit !

Je parcours fiévreusement mes rubriques. « Histoires de chats » ne compte toujours qu'une visite, celle de la mamie. Et rien dans le réseau des amis des chats. Toutes les nouveautés sont dans « Marché Miaou » où je découvre vingt-trois annonces ! Le monde est effectivement rempli de propriétaires de chats, mais ceux qui fréquentent mon site n'ont pas l'air du genre fidèle. Soit ils essaient de se débarrasser de leur matou, soit ils en cherchent un autre.

Je clique sur la première annonce :

*Vends mon troisième chat favori, Lady Anne.
Une vraie gagnante. De l'or en barre.
200 $ – S.G.*

Je fronce les sourcils. Je ne demande pas à lire du Shakespeare, mais qui va acheter un chat sur cette base-là ? Et pourquoi dire qu'il n'est que son troisième favori ? Je trouve ça cruel. Je n'aimerais pas découvrir que je suis le troisième enfant préféré de maman.

J'en ouvre une autre :

*Qui veut acheter un vrai numéro pour à peine
300 $?
Dakota Glory est un rien bronzée,
mais elle peut vous en taper cinq – M.T.*

Bronzée ? Dois-je comprendre que le chat est noir ? Je continue.

*Si vous êtes à la recherche d'un chat Premier ministre, vous êtes à la bonne adresse. Dynamico a attrapé trois souris la semaine dernière.
Seulement 100 $ – A.S.*

Un chat Premier ministre ? Je fais descendre le curseur. Toutes les annonces sont du même acabit. Et les noms ! Il faut être demeuré pour appeler son chat Pépite ou Arc-en-Ciel ! C'est vrai que M. Mullinicks nous avait prévenus qu'on pouvait tomber sur des dingos. Mais sur *jaimemonchat.usa*, ils sont tous dingos !

Chapitre onze

*Je vends très exactement deux de mes chats,
Kensington et Averses Intermittentes.
Vous n'avez jamais vu d'acteurs pareils.
Ils sont n° 1 !
200 $ la paire – C.C.*

Je ne suis pas tatillon, surtout quand les choses sont aussi bizarres d'entrée, mais il faut qu'on m'explique comment deux chats peuvent être n° 1.
Alex trouve que j'en fais toute une montagne.
– Comparés aux nases qui font semblant d'avoir une Ferrari, tes propriétaires de chats ont plutôt l'air normaux, m'affirme-t-il lundi matin en classe. Tu devrais passer quelques heures sur *misterferrari.com*. J'ai jamais eu affaire à une bande de ringards pareils. Je vois d'ici leurs mères en train de repasser le revers de la poche de leur chemisette. Je parie qu'ils ont neuf ans.
– Au moins, tu as une explication. Mes messages sont surréalistes. On voudrait les inventer qu'on n'y arriverait pas.
Il me regarde droit dans les yeux.
– Kendra pourrait peut-être t'aider.
C'est le nouveau truc d'Alex. Tout reporter sur Kendra. Je me suis rappelé la semaine dernière que j'avais oublié mon vieux short de foot dans le vestiaire des Jaguars. Et quand j'ai demandé à Alex d'aller voir la prochaine fois qu'il s'entraînerait si quelqu'un l'avait déposé dans le carton des objets trouvés, il m'a répondu avec un petit rire méprisant :

— T'as qu'à demander à Kendra d'aller te le chercher.
Très subtil, mon copain Alex.
Je joue les idiots.
— Kendra n'a même pas de chat.
(Mais je ne peux rien cacher à Alex, il est mon confident depuis l'école élémentaire.)
— De toute façon, elle m'en veut. Elle m'a invité à dîner chez ses parents et c'est pas près d'arriver. Elle pense que je cherche à les éviter.
— Tu cherches à les éviter, souligne Alex.
— T'as raison.
A l'idée qu'il y ait de l'eau dans le gaz, Alex reprend goût à la vie.
— Tu sais, Vince, tu peux toujours fuir ses parents, mais tu n'es pas sorti de l'auberge. Combien de temps encore avant qu'elle leur lâche le nom du mec avec qui elle sort ?
Je ne réponds pas. Et ce n'est pas parce que je n'ai pas compris où il voulait en venir. Bien sûr qu'il serait plus sage de rompre maintenant, avant que Kendra ait le moindre soupçon sur l'identité de mon père. Mais je ne peux pas. J'ai déjà été trop pénalisé par ma famille, au point de ne même pas pouvoir sortir avec une fille ou de jouer dans une stupide équipe de foot. Je refuse qu'elle me prenne ça.
Qui plus est, je suis complètement accro.
Au cours de la semaine, les propriétaires de chats d'Amérique continuent de visiter mon site mais uniquement pour y mettre une annonce à la rubrique

Chapitre onze

« Marché Miaou » et rien d'autre. Annonces auxquelles personne ne répond, mais elles n'en continuent pas moins d'affluer.

Vous voulez voir une émeraude brute faite chat,
à quatre pattes par terre ? Il s'appelle Robert
E. Lee et il est à vous pour 250 $ – S.K.

Vous allez dire que je cherche à nouveau la petite bête, mais n'est-ce pas le cas de tous les chats d'être à quatre pattes par terre ?

Si vous allez à une fête en tongs,
Equilibrium est le chat parfait pour la circonstance.
Une boule huit avec un sourire de vainqueur.
Seulement 350 $ – T.C.

Arrivé à mercredi, je suis en troisième position derrière *cyberpharaon* et *misterferrari*. Et les drôles d'annonces sur mon site ont attiré l'attention de mes camarades de classe.

— Au fait, Vince, me crie Martin Antia. Moi aussi, j'ai un chat à vendre. C'est pas un Premier ministre, mais il peut se lécher à une fête en tongs juste pour le fun.

— La ferme, je grommelle.

— Oui, c'est quoi, ce travail ? demande Yuri, un jeune Russe dont je n'essaierai même pas de prononcer le nom. Tu as plein d'annonces, mais le reste de ton site est vide.

— Si c'est un de tes cousins qui t'a concocté ça, ajoute Fiona, dis-lui de ma part qu'il a de l'avenir à Hollywood.

Quand l'ennemi s'appelle Fiona, il n'en faut pas beaucoup à Alex pour me soutenir.

— *Jaimemonchat.usa* est tout ce qu'il y a de réglo ! rétorque-t-il. Tu vas voir qu'il va te griller ton site de nase !

— Du calme, dis-je d'un ton apaisant. Si j'avais été chercher un pote pour inventer tout ça, vous ne croyez pas que je lui aurais demandé de rendre les choses un peu plus crédibles ? Et d'occuper tout le site ? Je suis comme vous, je n'y comprends rien.

Je me décide même à en parler à M. Mullinicks. Non que je sois du genre pleurnichard, mais Internet peut se révéler une foire d'empoigne. Je ferais aussi bien de demander l'avis d'un expert sur *jaimemonchat.usa*.

M. Mullinicks ouvre mon site et parcourt les annonces qui ont maintenant dépassé la centaine. Au bout d'un moment, il dit :

— Je ne suis pas très calé en matière de propriétaires de chats.

— Moi, non plus. Mais je suis sûr qu'il ne s'agit pas de chats. On ne serait pas face à un classique d'Internet ? Quelque chose que vous auriez déjà vu ?

— Effectivement, j'ai déjà vu ça.

— Ah, bon ?

Il hoche la tête.

— Ça s'appelle « votre problème ».

Chapitre onze

— Mais...
— Je confirme, c'est votre problème. Si c'était celui d'un autre, il ne serait pas sur votre site.
— Mais, je me disais que...
Il me coupe :
— Écoutez, Vince, je vais vous donner un conseil. Des gens se connectent sur votre site et c'est tout ce qui compte. Quelle importance que ça n'ait pas de sens ? L'économie du net ne repose pas sur le sens mais sur le trafic. Ne boudez pas votre réussite. Il y a une semaine, *jaimemonchat.usa* était un désert.
Je parle de ça comme si tout le bahut ne s'intéressait qu'à mon site. En réalité, personne en dehors du cours Nouveaux Médias ne connaît son existence.

On a un mois d'octobre typique. Le temps rafraîchit. Les vêtements se font plus couvrants, au grand dam d'Alex. Comme tous les ans à la même époque, je commence à rapporter à la maison les prospectus annonçant la journée portes ouvertes. Maman, qui, pour la première fois cette année, a proposé ses services pour le buffet, a confectionné une telle quantité de biscuits que papa a été obligé de faire venir un semi-remorque du New Jersey pour les livrer. Mais il y a eu un pataquès lors d'une « mission » d'oncle Surin à Staten Island. Et, quand le camion s'est arrêté devant le gymnase, il était plein de montres digitales taïwanaises volées. Mais tout s'est bien terminé. Les montres ont fait un tabac au lycée et les flics n'ont rien trouvé dans le camion que des biscuits aux raisins secs quand ils ont arrêté oncle Surin. Maman a essayé de les récupérer, mais le camion saisi par le FBI était remisé dans un de ses hangars.

— Avec cette chaleur, les biscuits vont être « totalement hors service ». Quelle honte de gâcher cette bonne nourriture, s'est plainte maman.

Cette fois-ci, elle ne s'en sortira pas comme ça ! J'étais sûr qu'elle en savait plus qu'elle ne voulait bien le dire.

— Mais enfin, maman, qu'est-ce que tu fais des montres ? Elles venaient d'où ?

— De Suisse, répond-elle sans un battement de cil, stoïque dans la tempête.

Je crains que papa n'ait déteint sur elle.

Les cours semblent plus longs, les devoirs plus difficiles, à moins qu'ils ne soient plus nombreux. Les Jaguars organisent des réunions d'encouragement auxquelles personne ne va. Les affichettes de couleur faisant la promo des couples les plus appréciés du lycée pour être sacrés roi et reine de la fête de fin d'année commencent à recouvrir les murs...

Je manque tomber raide. Là, au milieu du fouillis de messages punaisés à l'extérieur de la cafète à propos de quarterback ou de pom-pom girls, j'en vois un, écrit en lettres gigantesques à l'ordinateur sur papier listing :

ÉLISEZ VINCE L. & KENDRA M.
COMME ROI & REINE

Chapitre onze

Je reste hébété à lire et relire la phrase, en tournant la tête de droite et de gauche comme un type à un match de tennis. Tout en essayant de comprendre, l'idée me traverse l'esprit que ça pourrait concerner d'autres jeunes avec les mêmes noms que nous.
Mais derrière moi, quelqu'un dit :
— C'est qui Vince L. et Kendra M. ?
Je me retourne d'un bloc vers l'élève de première qui a parlé.
— Personne ! je m'écrie en arrachant l'affichette.
C'est le pire cas de figure. L'élection de fin d'année est toute une affaire à Jefferson High. Le roi et la reine sont quasi des célébrités. Le journal leur consacre une interview et on trouve des tasses à leur effigie souriante dans tous les pressings et les boulangeries de la ville. Garder secrète mon histoire avec Kendra : même pas la peine d'y penser. Et pas seulement aux yeux de l'agent Mords-Moi. Mais à ceux de Tommy et de papa.

Soyons clairs, Kendra et moi n'avons aucune chance de gagner, mais n'empêche ! C'est comme jongler avec de la nitroglycérine. Qui ferait un truc pareil ?

Je coince Kendra à l'intercours suivant.
— Jette un coup d'œil à ça ! dis-je en laissant tomber la boule de papier à ses pieds.
Elle se baisse pour la ramasser et la défroisse. Son visage s'illumine.
Je la regarde avec des yeux horrifiés.
— C'est toi qui as fait ça ?

143

— Non, c'est pas moi.

Mais impossible d'arrêter Sherlock Holmes quand il est en train de résoudre une énigme.

— Tu es fâchée parce que je ne veux pas aller dîner chez tes parents. Alors tu essayes de nous faire élire roi et reine. Comme ça, on sera obligés de se dévoiler au grand jour.

— Tu as fumé, ma parole. Je n'ai jamais vu cette affiche de ma vie, mais c'est pas le pire. Le pire, c'est que « se dévoiler » a l'air d'être une décision qui se prend, comme si on était des agents secrets renonçant à leur couverture. On ne fait jamais que sortir ensemble, comme des millions de jeunes. Alors pourquoi tout ce cirque ?

— C'est trop tôt, dis-je d'un air buté.

— Tu as honte de moi !

— Non...

— Alors tu as honte de nous.

— C'est pas ça.

Elle bout.

— Alors, c'est que tu n'es pas motivé. Tu ne veux pas reconnaître que tu as une copine puisque je ne vaux même pas la peine d'une petite explication.

Ça fait mal, et pas seulement parce que Kendra m'en veut à mort. Ce qu'elle dit se rapproche dangereusement du discours de papa. Choisis une fac... pardon... une université, choisis une carrière, bouge-toi et fais quelque chose. Les paroles de Ray me reviennent : « Profites-en. Ça n'aura plus jamais le goût de la nouveauté comme aujourd'hui. » Ben voyons. Première

Chapitre onze

copine. Première relation. Première dispute à couteaux tirés.

Oui, je sais que les couples se chamaillent sans arrêt. Mais pas nous. Je veux que la querelle s'arrête, lui dire qu'on est plus importants que tout et trouver un petit coin tranquille pour...

Non. Il y a une partie de moi qui est trop en colère et cette partie-là est branchée sur pilote automatique. Je froisse la feuille et la jette rageusement dans une poubelle.

– Il vaudrait mieux que ce ne soit pas toi.
– La confiance règne, réplique-t-elle.

Et on file chacun dans la direction opposée.

Plus tard, dans son sous-sol, quand on s'embrasse, tout semble parfait. Mais même un type accro a ses moments de lucidité. Voilà ce que ça donne chez moi : nous avons deux types de relation, la courte et la longue. Disons que si l'avenir se profile à trois heures, pas plus, rien ne peut nous arrêter. Mais si on prolonge les heures en mois, tout va à vau-l'eau. Kendra ne sait pas où on va. Et moi, c'est pire, je ne le sais que trop bien.

Une relation à long terme avec elle est condamnée depuis le début.

Peut-être suis-je trop fataliste, car pendant ce temps-là les aiguilles tournent pour Jimmy le Rat. J'appelle Retour à l'Envoyeur des dizaines de fois par jour sans jamais obtenir de réponse si ce n'est très tard le soir. Et encore, je parle à une barmaid à la voix rauque qui refuse de prendre un message. Je constate que Jimmy inspire la même loyauté et le même respect à son personnel qu'à Tommy et papa.

— Je ne fais que travailler ici, me répète-t-elle pour la énième fois. Si vous avez quelque chose à dire à Jimmy, dites-le-lui vous-même.

Difficile de trouver des employés modèles aujourd'hui.

Je finis par avoir Jimmy le vendredi après-midi.

— Salut, Vince. Quoi de neuf ?

— Quoi de neuf ? Le délai est écoulé, voilà ce qu'il y a de neuf ! Il est l'heure de payer ce que tu dois à mon père !

— T'excite pas comme ça. Je maîtrise la situation. Tu auras ton pognon lundi.

— Lundi ! Je disjoncte littéralement. On avait dit aujourd'hui !

— Vince, glousse-t-il, avant de passer sur le divan, je me mettais en colère comme toi. Est-ce que tu veux vraiment continuer à gémir sur ce qui va pas arriver ou bien tu comptes te concentrer sur ce qu'on peut faire ?

— Je t'ai fait une faveur. Et toi, tu me plantes !

— C'est l'histoire d'un week-end, dit-il avec l'air de s'en moquer. Qui travaille le week-end de nos jours ? Tu vas pas me dire que ton vieux...

— C'est pas le problème...

Mais on est à nouveau coupés, et quand je rappelle la ligne est occupée.

Quel crétin ! Il sait mieux que personne ce qu'oncle

Chapitre onze

Surin peut lui faire subir. Comment peut-il prendre ça à la légère ?

Je me répète que ce n'est pas ma faute. J'ai voulu aider ce type. Si je n'avais pas été là la semaine dernière, il était dans les choux. Papa a raison : c'est un vrai nul ! Je me lave les mains de toute cette affaire pourrie.

L'image des tenailles d'oncle Surin continue de me hanter mais je me fiche de savoir de qui c'est la faute.

Je roule jusqu'à Long Beach pour aller trouver Ray dans son repaire, le Silver Club.

Il ne se montre pas très solidaire.

– Tu veux rester en dehors du business. Grand bien te fasse. Mais tu ne peux pas être à la fois dedans pour certains trucs et dehors pour d'autres. Écoute mon conseil : laisse Jimmy s'occuper de ses affaires. Crois-moi, Vince, ce genre de situations se résolvent d'elles-mêmes.

– Et il n'aura pas de pépins ?

Ray hausse les épaules.

– Ça, c'est à Jimmy de décider. Il savait à quoi s'en tenir en prenant l'argent.

Je ferais mieux d'énoncer les choses clairement :

– Est-ce que tu peux me certifier qu'il ne lui arrivera rien aux doigts ?

Il ne peut pas. Ça se voit sur sa figure. A cet instant, je comprends que je dois sauver Jimmy, même malgré lui. Mais comment ?

La réponse est simple. Six cents dollars, voilà comment. Effectivement, j'ai les moyens : l'argent de papa. Mon argent de poche, mais j'en ai dépensé la quasi-totalité en sorties avec Kendra. Pratiquement rien sur mon compte, dans mes poches environ vingt dollars, et... qu'est-ce que c'est que ça ? C'est ma carte bancaire pour les cas d'urgence, celle du Banco Comercial de Tijuana. Pourquoi ne pas retirer six cents dollars pour payer ce que Jimmy doit à papa ? Après quoi, quand Jimmy m'aura rendu l'argent lundi, je filerai à la banque le mettre sur mon compte. La somme sera de retour avant que le type à qui appartient vraiment la carte reçoive son relevé. Et à ce moment-là, ça apparaîtra comme une erreur bancaire — une sortie de six cents dollars le vendredi, comblée par un dépôt le lundi —, au moment où la banque remarquera l'erreur.

A la vue de ma carte mexicaine, le caissier me regarde d'un air bizarre mais pas autant que papa lorsque je lui tends l'argent de Jimmy le soir même. Il est en train de raboter un pied de chaise sur lequel il appuie tellement fort que le truc se casse en deux dans l'étau.

– De la part de Jimmy le Rat ? demande-t-il.
– Je t'avais bien dit qu'il y arriverait.

Je me dépêche de remonter à l'abri des micros du FBI avant qu'il ait le temps de me poser une autre question.

12

Je suis sidéré de voir à quel point on continue à bien s'entendre, Kendra et moi, tant qu'on ne se parle pas. Le cinéma occupe rapidement la deuxième place parmi nos activités préférées.

Le seul inconvénient c'est que, au bout d'une heure ou deux, les lumières se rallument et je vois dans ses yeux le chagrin et la déception qui ne les quittent pratiquement jamais, du moins quand on est ensemble. Je doute que les gens remarquent quoi que ce soit. Mais comme un accord dans une symphonie, ça change tout.

J'arrive plus ou moins à supporter qu'elle soit en colère contre moi. Mais l'idée de la décevoir est insoutenable.

Cela dit, du moins en apparence, on passe un week-end plutôt agréable. On se voit les deux jours et le sujet du dîner avec ses parents n'est pas abordé.

Ce qui explique que je sois stupéfait en arrivant lundi au lycée de découvrir une affiche géante qui proclame :

ÉLISEZ
VINCE ET KENDRA
COUPLE ROYAL

Le message est toujours écrit à l'ordinateur. Mais aujourd'hui, il est scindé en trois ce qui lui permet de recouvrir tout le mur, du haut des casiers jusqu'au plafond.

Et comme la première fois, le choc laisse la place à la colère. On s'est déjà expliqués là-dessus. Comment ose-t-elle recommencer ?

J'arrache l'affiche, mais le haut reste inaccessible. On lit encore ÉLISEZ VINCE. Pendant que je m'évertue à sauter, à m'étirer, à essayer de grimper au mur, les mille huit cents élèves de Jefferson High pénètrent dans l'établissement. Malgré tout, je me rends bien compte que l'affiche ne risquait pas de susciter l'intérêt exagéré que je suis en train de lui accorder. Un groupe de basketteurs me regardent bondir, explosés de rire. N'importe lequel d'entre eux pourrait enlever le bout de papier rien qu'en se mettant sur la pointe des pieds. Encore merci.

Heureusement, un visage presque amical fait son apparition : Alex. Il est d'une humeur radieuse. Sa volonté de coopération est directement proportionnelle à l'intensité des hostilités entre Kendra et moi. Il se met à quatre pattes et je monte sur son dos pour arracher ce qui reste. Performance qui nous vaut les applaudissements des basketteurs et d'une poignée de « fans ».

— Merci, dis-je à Alex.

Chapitre douze

J'apprécie son aide à sa juste valeur, sachant que le type est obnubilé par son image. Alex vit dans la crainte permanente de faire quelque chose qui le rendrait ringard aux yeux des filles. Maintenant que la moitié du bahut l'a vu à quatre pattes, il est probable que ses nuits seront peuplées de cauchemars.

— Qu'est-ce que tu comptes faire pour ça, Vince ? me demande-t-il en montrant le bout de papier froissé dans ma main.

Je secoue la tête.

— Elle me jure que ce n'est pas elle. J'ai envie de la croire, mais je ne vois pas qui ce serait sinon elle ? Personne ne sait qu'on sort ensemble.

— Écoute, je crois que tu ferais bien de te préparer. C'est pas la seule affiche du lycée, il y en a partout. J'en ai enlevé des plus petites près de mon casier.

Je pousse un soupir.

— Si je lui balance ce truc à la figure, coupable ou non, ce sera la fin.

— Oui, mais si vous êtes élus roi et reine, ce sera la fin aussi, me fait remarquer Alex.

Je suis au supplice.

— Je sais que c'est idiot, mais je ne peux pas la quitter. Je serais incapable de dire si c'est le fait d'avoir une copine ou si c'est elle en particulier. Je suis parfaitement conscient qu'un jour ou l'autre notre relation devra s'arrêter, mais je veux m'y accrocher aussi longtemps que je pourrai.

En marchant vers notre salle de classe, je jette un

coup d'œil à Alex. Le connaissant comme ma poche, je remarque qu'il serre les dents, un truc qu'il ne fait que lorsqu'il est très contrarié. Je comprends aussitôt pourquoi et je me sens mal. C'est la faute de mon petit discours de tout à l'heure. J'aurais dû penser que le seul truc qu'Alex en retiendrait, c'est que je suis heureux et qu'il passe à côté.

Je m'en sors jusqu'à l'heure du déjeuner avec une seule affiche à arracher. Le plus dur reste à faire : fermer ma grande gueule devant Kendra à la cafète.

Je suis pratiquement arrivé devant mon casier quand je sens une présence derrière moi et, soudain, l'extrémité froide d'un canon qui s'enfonce dans le creux de mes reins. Je ne peux énumérer toutes les pensées qui me tourbillonnent dans la tête.

Depuis que j'ai eu l'âge de comprendre ce que mon père faisait pour gagner sa vie, j'ai toujours pensé que je pourrais être un jour une cible. Celle de quelqu'un qui en voudrait suffisamment à Anthony Luca pour s'en prendre à son fils. Mais quand même, le business des distributeurs n'a rien à voir avec *Le Parrain*. Il n'y a pas de guerre des clans, personne ne court de planque en planque, les oncles ne surveillent pas la maison à tour de rôle, accroupis sur le toit, le fusil à l'épaule. N'empêche, c'est un métier dangereux et papa s'est fait des ennemis. Suite au meurtre de Calabrese, maman, Mira et moi sommes partis faire le tour de la Norvège pendant trois semaines. Tommy est resté, mais papa ne l'a

Chapitre douze

jamais laissé aller s'acheter des bonbons sans une escorte d'oncles pour l'accompagner en voiture au magasin.

Après ça, mon frère n'a pas arrêté de me prendre la tête. Il passait son temps à me montrer des assassins derrière les buissons, un tireur dans la maison d'en face, des kidnappeurs dans une voiture garée plus loin. Ça ne faisait qu'augmenter ma paranoïa. Je l'ai dépassée depuis. Réprimée, du moins. Mais aujourd'hui, avec ce flingue dans mon dos, au beau milieu du hall du lycée, je comprends que j'attends ce moment depuis des années.

Et là une voix menaçante souffle à mes oreilles :
— N'arrête pas de marcher ou bien tes tripes vont aller décorer le tableau d'information que tu vois là !

Je me retourne comme une furie.
— Tu as perdu la tête ou quoi ?

Devant moi : Jimmy le Rat, mort de rire. Le fameux « flingue » qu'il tient à la main est une lampe de poche miniature porte-clefs.
— Je t'ai bien eu, Vince ! Tu devrais voir ta tête !
— Et toi, tu devrais voir mon froc ! Si j'étais mort sous le choc, tu aurais d'autres explications à fournir à mon père que tes six cents dollars à la noix.

Sa bouche se fend d'un sourire.
— C'est ce qui m'amène aujourd'hui. Il y a une petite surprise pour toi dans ton casier. Je l'ai glissée par la fente.

L'argent ! Je suis tellement soulagé que je suis à deux doigts de lui pardonner. Maintenant, je vais pouvoir rembourser la carte de crédit et reléguer ce cauchemar aux oubliettes.

J'avance vers mon casier.

— Dis, Jimmy, comment tu t'es débrouillé pour savoir lequel était le mien ?

— J'ai fait du charme aux secrétaires. Je leur ai sorti que j'étais ton frère aîné.

— T'as raison. Du premier mariage de mon père avant-guerre.

Je tends la main vers ma serrure à combinaison.

— Qu'est-ce que tu fais, Vince ? C'est pas ton casier.

— Mais si. 678.

— Mais non, c'est le 687 !

Il faut le voir pour le croire ! Demeuré et dyslexique. Tout ça réuni dans le même sac répugnant à tête de rat.

— Jimmy, tu as filé l'argent à quelqu'un d'autre !

— Du calme, Vince. Si tu t'énerves comme ça aujourd'hui, imagine ce que ce sera quand tu auras mon âge.

On approche du casier 687.

— Bon, c'est celui de Jolie. Je la connais. Quand elle arrivera, laisse-moi lui parler. Et prie pour qu'elle soit là aujourd'hui.

Il me gratifie d'un sourire supérieur, colle son oreille contre la serrure et se met à bidouiller les chiffres.

Je panique.

— Tu ne peux pas braquer un casier ! Tu es dans un lycée ici !

— Où tu crois que j'ai appris à le faire ? Bon, à trois, tu tousses.

Chapitre douze

— Mais...
— Un... Deux...

Je fais un bruit de toux et, au même moment, Jimmy explose la serrure avec sa lampe de poche porte-clefs multi usage. La porte s'ouvre, et du casier tombe un carnet, une trousse de maquillage et une enveloppe dégoûtante avec marqué dessus VINSE. Je suppose que dans son école où on apprenait à faire sauter les serrures, les travaux pratiques étaient pris sur les cours d'orthographe.

C'est marrant. Je ne cours pas, mais je ne pense pas avoir jamais quitté le lycée aussi vite.

Tout râblé et petit qu'il est, Jimmy me suit à grands pas.

— Dis donc, Vince. T'aurais pas cours des fois ?
— C'est mon heure de déjeuner. (Et Kendra qui m'attend à la cafète ! Mais ceci est plus important.) Il faut que je me grouille d'aller déposer l'argent à la banque. Je l'avais sorti pour te sauver les miches, Jimmy. Ne me remercie pas.

Il a l'air sincèrement ennuyé.

— T'aurais jamais dû faire un truc pareil. Tu peux avoir de sacrés emmerdes si tu commences à faire des dettes.

Je lève les yeux au ciel.

— Qu'est-ce qui te fait dire ça ?

L'allusion lui échappe.

— J'ai un copain, Ed. Il est proprio d'un café hyperclassieux. Style où des étudiants avec un pois chiche dans la tête acceptent de payer quatre dollars une tasse de jus de chaussette, assis sur le canapé en velours de ton arrière-grand-mère. Il se fait pas mal de blé, mais il a un faible pour les dames. En moins de deux, il doit un paquet de pognon à des grosses pointures. Je te donne pas de noms mais tu sais comme moi qui est la plus grosse du coin.

— Mon père, dis-je comme pour moi-même.

— Tout juste. Et en ce moment, Ed est moyen à l'aise rapport à la porte que ton oncle Zéro Tarin lui a écrasée sur la figure la dernière fois qu'ils se sont vus à ce sujet. On peut pas en vouloir à ton vieux. Ed lui doit quasi mille dollars.

Je l'arrête.

— Écoute, Jimmy, mon père et ses sbires font des tas de trucs que je n'approuve pas. Mais je n'y peux rien. Je suis hors business et j'ai bien l'intention de le rester. C'était de la folie d'intervenir en ta faveur et je ne le ferai plus jamais. Ne crois pas que je suis insensible, c'est juste ma façon de faire, d'accord ?

Il pose son bras sur mes épaules.

— T'en fais pas pour Ed. Il a des solutions. Une grand-tante de quatre-vingt-treize ans sous respiration artificielle à Saint-Luke. Il est censé hériter de trente mille dollars le jour où elle cassera sa pipe. Ce qui pourrait arriver plus vite que prévu.

Je fronce les sourcils.

— Tu veux dire que son état va empirer ?

Il hausse les épaules.

Chapitre douze

— Tu sais ce que c'est. Ça fait des mois qu'elle est dans le coma et, d'après les toubibs, elle se réveillera plus. C'est quasi un légume. La respiration artificielle, c'est jamais que de l'électricité, tu me suis ? On se prend les pieds dans des fils à tout bout de champ. Les prises tombent des murs. Ça arrive.

Voilà comment je me retrouve dans un café sombre de Soho, une tasse de jus de chaussette devant moi, assis sur le canapé en velours de mon arrière-grand-mère, en train d'appeler Kendra sur mon portable.

— Je suis à New York. J'ai dû sécher les cours cet après-midi. Il s'est passé un truc.

— Ça va, Vince ? Ce truc a quelque chose à voir avec les affiches sur nous dans tout le lycée ?

— Non. Enlève-les quand tu en vois, d'accord ? C'est... c'est rien. Quoi de neuf au bahut ?

— Jolie Fusco s'est fait braquer son casier, mais elle pense qu'on ne lui a rien pris.

Une paille, six cents dollars, mais ils étaient à moi.

— Je ne peux pas te parler maintenant. Je te rappelle quand je serai rentré à la maison.

Je vois presque sa tête de journaliste à l'autre bout du fil.

— Dis-moi juste de quoi il s'agit, Vince. Peut-être que je peux t'aider.

— Tout va bien. On se parle plus tard. Salut.

Tout ne va pas bien du tout. Pour la deuxième fois, j'interviens délibérément dans les affaires de mon

157

père en dépit de mon objectif affiché dans la vie : rester à l'écart de tout ça.

C'est dingue. Je suis dingue. Des trucs comme les doigts de Jimmy ou la grand-tante d'Ed arrivent probablement tout le temps. Sauf qu'autrefois, je ne connaissais pas leur existence. Ah, si seulement je l'ignorais encore aujourd'hui ! Tout était plus simple avant. Bien sûr, je me doutais que papa était coupable d'actions peu recommandables, mais elles restaient floues. Personne n'avait de visage ou de nom ou de grand-tante de quatre-vingt-treize ans sous respiration artificielle.

Je suis soudain horrifié à l'idée de ce que je suis, et scandalisé par les pratiques qui me permettent d'avoir un toit sur la tête, des fringues sur le dos et de la nourriture dans mon assiette. C'est ce qui explique sans doute ma présence ici. Impossible que ce soit pour le bien-être financier du type en costume de soie assis en face de moi.

Ed Mishkin est tout ce que Jimmy le Rat n'est pas : grand, séduisant, cauteleux, coupe de cheveux hyper classe et sourire artificiel. Si on fait abstraction du bleu énorme que lui a fait oncle Zéro Tarin, il pourrait passer pour un sénateur. Mais il partage avec Jimmy ce sourire huileux de marchand de voitures d'occasion qui dit : « Je vous en fais essayer une ? »

— J'apprécie vraiment ton aide, Vince, dit-il avec ce genre de sincérité qui fait élire les hommes politiques.

— Je n'ai pas besoin de tes remerciements, je marmonne d'un air sombre. Je veux seulement que ta tante

Chapitre douze

meure de mort naturelle. Finissons-en. Il te manque neuf cent cinquante dollars. J'en ai six cents.
— Je suis raide, Vince. Tout ce que je peux gratter, c'est cent dollars.

Je me tourne vers Jimmy.
— Il faut que tu lui en prêtes deux cent cinquante pour qu'il passe le cap.

Jimmy est sidéré.
— Je viens de te rembourser ! Sans compter que ma prochaine traite est pour tout de suite.

Je me mets en rogne.
— Je n'arrive pas à comprendre que vous ne puissiez pas tenir un budget. C'est pourtant pas sorcier, ça relève du niveau de calcul de CM 2. Qu'importe la raison, la moindre des choses, ce serait de vous dépanner l'un l'autre. Comme ça, d'ici quelques semaines, quand ce sera ton tour d'être le bec dans l'eau, Ed t'aidera. Il y a de méga chances qu'à un moment donné l'un de vous deux ait quelques dollars en trop.

Et c'est là que je rejoins un cercle très fermé. Désormais, je compte parmi les rares individus à extorquer de l'argent volontairement à Jimmy le Rat. Sans même avoir besoin de recourir à une paire de tenailles.

Il fouille dans sa poche et en ressort une poignée de billets chiffonnés.
— T'as intérêt à me les rendre.
— Je vous préviens que les six cents premiers dollars remboursent ma carte de crédit, dis-je fermement.

Ed recompte l'argent.

159

— Hé, pas si vite. Y a que cent cinquante. Il manque toujours cent.

J'en ai ma claque. Je vais à la caisse, j'ouvre le tiroir et je prends cinq billets de vingt.

Quand j'arrive à la maison, papa n'est toujours pas rentré et Tommy squatte mon ordinateur.

— Tu as encore cinq minutes, je lui crie d'en bas. Je veux aller sur mon site.

Maman apparaît à la porte de la cuisine.

— Dieu merci, tu es là. Quand ton père arrivera, on pourra dîner.

— Bonjour à toi aussi, maman ! Allez, dis-moi, tu penses bien à autre chose qu'à la bouffe des fois ?

— Effectivement, répond-elle d'un air impassible. Je me demande par exemple ce qui accapare mon fils de dix-sept ans jour et nuit ces temps-ci. Elle s'appelle comment ?

Touché.

— Qu'est-ce qu'on mange ce soir ? je marmonne.

Maintenant que j'y pense, je comprends mieux pourquoi la vie de maman tourne autour des repas. Souvent le monde lui échappe, et Dieu seul sait à quoi ses hommes sont occupés. Le dîner est ce moment de grâce où le capitaine Maman prend la barre de ce bon vieux Luca et le fait naviguer au gré des mouvements de son gouvernail.

Même pendant la période pour le moins délicate qui a suivi le meurtre de Calabrese, à l'époque où les flics et

Chapitre douze

la télé avaient pris racine sur la pelouse, je me rappelle maman qui nous faisait du rôti à la cocotte et pouvait poser ce genre de question : « Alors, Vincent, qu'est-ce que tu as appris à l'école aujourd'hui ? »

Si l'un d'entre nous est en voiture quelque part, vous pouvez être sûr qu'elle tombe le masque. Elle écoute le point sur la circulation à la radio avec le volume poussé au maximum et je vous garantis qu'elle se fiche pas mal de savoir quelles sont les routes encombrées. Elle attend de savoir s'il y a des accidents de façon à pouvoir se ronger les sangs en se demandant si un de ses chéris n'est pas éparpillé sur une chaussée, en bouillie.

— Maman, ce carambolage se passe à Jersey. Pourquoi tu te fais du mouron ? Papa devait aller à Jersey aujourd'hui ?

— Comment veux-tu que je le sache ? dit-elle d'un ton blessé. Ton père ne me dit jamais où il va.

En fait, c'est à l'agent Mords-Moi qu'il n'en parle pas. Or, il se trouve que maman habite la même maison que les micros du FBI.

Après la production de nourriture en vaste quantité, l'occupation principale de maman est de se faire du souci. C'est énervant, mais je me dois de me rappeler que ses peurs irrationnelles servent de paravent à d'autres bien plus rationnelles. Voyons les choses en face : combien de types dans la situation de papa meurent dans leur lit ? Ça ne doit pas être facile d'être sa femme.

Quand je récupère enfin mon ordinateur, Tommy reste dans la chambre à me regarder travailler sur mon site. Travailler n'est peut-être pas le mot approprié. Ce que je fais ressemble plutôt à fixer l'écran d'un air hébété sans rien dire. Je totalise cent connexions et cent quatre-vingt-sept annonces dans « Marché Miaou ».

A vendre. Excelsior, mon chat de trois ans sait faire coin coin. Un vrai numéro. 500 $ – T.S.

— Comment un chat peut-il faire coin coin ?
— Si ça se trouve, il est dressé, propose Tommy. C'est pour ça qu'il coûte cinq cents dollars.
— Il se passe un truc pas clair sur ce site. Au moins vingt personnes parlent de leur chat comme d'un Premier ministre ou d'un acteur !
— Faut pas oublier que ces mecs vivent avec des chats, c'est des barjos, explique posément Tommy.

Je me retourne.

— Qu'ils les trouvent géniaux, mignons, poilus, normal ! Premier ministre, non.
— Et si c'était du jargon spécial chats. Tous les gangs ont leurs mots à eux. Regarde, vous autres des sites web, vous parlez de connexions. Dans mon boulot, une connexion, c'est carrément autre chose.

La porte d'entrée claque et je tends l'oreille, m'attendant à ce que maman reproche à papa d'être en retard. Mais elle est tout sucre et tout miel, ce qui indique généralement qu'il est accompagné.

Tommy et moi descendons dans l'entrée conçue

Chapitre douze

comme un patio où oncle Zéro Tarin et papa retirent leur veste.
— Papa, il faut que je te parle. A la cave, lui dis-je.
Il lève un sourcil mais se dirige néanmoins vers la porte du sous-sol.
Oncle Zéro Tarin renfile sa veste.
— Je ferais mieux d'y aller. J'ai des trucs à faire en ville.
— Non ! je m'écrie.
Puis, plus calmement :
— Je crois que tu devrais entendre ça aussi, oncle.
J'ai toute son attention. Ma non-implication dans les affaires familiales est bien connue des oncles. C'est la seule règle que tout le monde respecte. Tout le monde sauf papa et Tommy.
En bas, quatre rocking-chairs faits maison nous attendent. A l'origine, les chaises étaient normales mais le travail d'ébénisterie d'Anthony Luca a tendance à produire le même effet que les miroirs déformants des fêtes foraines.
Papa s'assoit sur le meilleur, nous mettant au défi de faire un commentaire.
Je lui tends les neuf cent cinquante dollars.
— De la part d'Ed Mishkin.
Oncle Zéro Tarin n'en revient pas.
— Comment ça se fait qu'il t'a donné le fric ?
— Vince est un gros bonnet maintenant, crache Tommy d'un air dégoûté.
— C'est pas vrai ! Je ne fais qu'aider ce type parce

qu'il est prêt à retirer la prise du respirateur de sa grand-tante et je me dis que personne ne mérite d'être aussi désespéré que ça.
— Si le mec est désespéré, c'est parce qu'il court le jupon, rétorque Tommy. Et ça coûte bonbon comme passe-temps.
— Je vais m'occuper de son cas, promet oncle Zéro Tarin.
— Tu as récupéré ton fric. Quelle importance la façon dont il t'est revenu ? je m'insurge.
Tommy se tourne vers moi.
— Ces mecs que t'adores, t'es au courant que c'est des gros salauds ?
Oncle Zéro Tarin essaye de déchiffrer ce qu'en pense le patron. Des gens plus malins que lui s'y sont essayés sans succès. Et je me compte sur la liste ainsi que nombre de procureurs américains.
Mon père prend enfin la parole :
— Tu sais que le sujet me passionne, Vince. A présent que tu es un homme, les choix que tu fais montrent aux yeux du monde qui tu es. Alors dis-moi, est-ce bien toi ? As-tu vraiment décidé de gâcher ton intelligence à chouchouter deux voyous ?
— Je te demande de me laisser faire ça. C'est important pour moi, j'insiste.
— Ils se payent ta tronche dans les grandes largeurs ! rugit Tommy.
— C'est à moi de décider qui se paye ma tronche, dis-je avec obstination.

Chapitre douze

Papa se tourne vers oncle Zéro Tarin.
— Écoute Tarin, tu passes la main pour quelque temps en ce qui concerne Ed Mishkin. Je ne peux pas mesurer l'étendue des dégâts causés par mon fils, mais il n'y a aucune raison pour que tu en pâtisses. Ton pourcentage reste le même.
Oncle Zéro Tarin a l'air surpris.
— Compris, Tony. Mais ça rime à rien.
— Sans blague, dit papa en soupirant.
Puis, se tournant vers moi :
— Et toi, va donc trouver qui tu es. Et tâche de ne pas mettre trop longtemps.

13

De toutes les qualités de Kendra, celle-ci est sans doute la plus grande : elle n'en veut pas à Alex d'être son ennemi juré. Jugez plutôt. Il la hait pour la seule raison qu'elle est ma copine. Or, sauf à supposer qu'on rompe, Kendra ne peut rien faire pour inciter Alex à l'apprécier davantage. On est dans le cas de figure classique de la situation sans issue. Dès qu'il s'agit de moi, elle a plein de choses à redire, mais sur Alex, jamais.

Pour être franc, elle fait même le maximum pour qu'il ne se sente pas exclu. Elle lui propose toujours de faire des trucs avec nous, aller au cinéma ou traîner au centre commercial. Et il accepte ! C'est étrange dans la mesure où chaque seconde passée en notre compagnie le rend effroyablement malheureux. Je le sais et il sait que je sais.

— Si tu t'ennuies, tu n'as qu'à rester chez toi !

Il me regarde d'un œil noir.

— C'est ce que tu veux, n'est-ce pas ?

— Non ! On t'a invité. Ça nous fait plaisir que tu sois avec nous. Mais si tu détestes ça...

— J'ai rien à faire chez moi, râle-t-il.

Je crois que je vais lui offrir une antenne parabolique pour Noël.

Kendra se met en quatre pour lui faire plaisir. Elle le laisse écouter ses cassettes K-Do qu'il prétend adorer. Or je sais pertinemment qu'il en a copié une sur laquelle il a intercalé trente minutes de rots et de pets à des endroits bien précis. J'ai même vu la couverture de la cassette. A la suite de K-Do, il a ajouté un r.

C'est mon meilleur ami. Que puis-je faire ? Il ne changera pas et je n'ai aucune intention de rompre avec Kendra. Il n'y a pas de solution.

Bref, le trio est au multiplex ce samedi. Kendra et moi regardons le film pendant qu'Alex crache des nounours en direction de l'écran parce qu'il déteste Gwyneth Paltrow presque autant que Kendra.

Après deux heures passées dans le noir, le centre commercial paraît toujours trop éclairé. On est là à cligner des yeux à la sortie du cinoche quand une voix crie d'un peu plus haut :

— Coucou, ma chérie !

Kendra lève la tête vers la galerie du premier.

— Salut, papa !

J'ai les jambes en coton. A l'étage supérieur, celui des bureaux, un homme se dirige vers l'ascenseur. Son père. L'agent Mords-Moi.

Ma voix, quand je finis par la retrouver, ressemble à celle d'un gosse de deux ans en proie à un super mal de bide.

Chapitre treize

— Il nous rejoint ?
Kendra hoche la tête.
— Il avait rendez-vous chez le dentiste, je me suis dit qu'on pourrait peut-être se croiser.
— Non !
J'avise Alex qui sourit pour la première fois depuis des lustres.
Kendra me regarde, interloquée.
— Vince, c'est quoi le problème ? Tu as quelque chose contre te faire offrir un café ?
L'ascenseur descend.
— On en a déjà parlé ! dis-je d'une voix grinçante.
Des nuages noirs s'amoncellent au-dessus de son front.
— Il ne s'agit pas de la même chose, dit-elle d'un ton coupant. Là, c'est juste un échange de banalités et dix minutes pour prendre un café. Ça ne va pas te tuer.
L'ascenseur s'arrête au rez-de-chaussée.
— Je ne peux pas le rencontrer.
— Pourquoi ? Il y a une autre fille ?
— C'est pas ça du tout...
— Tu refuses d'admettre qu'on sort ensemble !
— Non...
Mais mes faibles protestations sont dérisoires au regard de la colère de Kendra.
— Tu as perdu un boulon, c'est pas possible ! s'écrie-t-elle. Si tu refuses de faire ça, nous deux, c'est fini ! A la seconde ! Donne-moi une bonne raison de ne pas serrer la main de mon père et de te présenter !

L'agent Mords-Moi est sorti de l'ascenseur, il vient vers nous en se frayant un passage à travers la foule des acheteurs. Je n'ai pas de solution. Bien que je me sois toujours préparé à me trouver un jour ou l'autre dans cette situation, je suis foudroyé, bouleversé, paniqué. Pris entre le marteau et l'enclume, comme on dit. Mort.
Et puis ça sort de ma bouche :
— Mon père s'appelle Anthony Luca. C'est un présumé parrain de la Mafia et ça fait cinq ans que ton père essaie de le mettre en taule !
Si je l'avais assommée avec un poisson mort, elle n'aurait pas l'air plus abasourdie. Alors qu'on se regarde dans le blanc des yeux, je me rends compte que je ne sais pas du tout ce qui va se passer. En un mois et demi, je crois avoir à peu près tout appris sur cette fille. Et pourtant, je n'ai pas la moindre idée de la réaction qu'elle va avoir.
Et soudain, elle s'écarte de moi et se retourne pour attirer Alex près d'elle.
— Par ici, papa. Je voudrais te présenter quelqu'un.
Si ce n'est pas un signal, c'est quoi ? Je me fonds dans la foule et pars me cacher derrière le rayon des chemises d'un magasin de fringues.
Je zone, je vais d'un endroit à un autre, j'espionne. Tant et si bien que les vigiles finissent par être intrigués. Si ces crétins sont parvenus à me repérer, je ne donne pas cher de moi avec un agent du FBI. Je traîne mes guêtres à l'autre bout du centre commercial.
La trouille me ronge. Tant de choses sont suscepti-

Chapitre treize

bles de mal se passer que je ne peux même pas les compter. Kendra pourrait me haïr. Ou tout raconter à son père en ce moment même. Ou pire, Alex pourrait cracher incidemment le morceau sous prétexte qu'il ne supporte pas que j'aie une copine et pas lui.

Je cherche à tuer le temps. J'avise une animalerie juste après les restaurants. Un chaton dans la vitrine attire mon attention. Sur la pancarte, je lis : « Callico – Six semaines – Vacciné. » Pas un mot d'une carrière politique ou d'un avenir dans le spectacle. Comment se fait-il qu'il n'y ait pas de chat comme celui-ci sur mon site ?

Du coin de l'œil, je vois Alex retraverser le centre commercial en trombe.

— Attends !

Une pointe de vitesse et je le rattrape.

— Qu'est-ce qui est arrivé ? Comment ça s'est passé ?

— Je ne me suis jamais autant marré ! raille-t-il. J'ai le feu vert pour sortir avec sa fille. Ça t'embête ?

— Et Kendra, ça va ?

— Comment veux-tu que je le sache ? dit-il d'un ton amer. J'étais occupé à convaincre son père que je suis un jeune homme très bien sous tous rapports. C'est toujours comme ça avec moi. Les parents m'adorent. Et les filles ne peuvent pas me saquer !

— Alex !

— Elle est aux toilettes. La voie est libre. Son père est rentré. Et je vais en faire autant. Même si je doute que ça intéresse quelqu'un.

Je fonce dans le couloir des toilettes.

— Je te revaudrai ça, je lui lance par-dessus l'épaule.
— Toi et le reste du monde, je l'entends me répondre.
Si Kendra ne sort pas des toilettes, j'irai la chercher moi-même. Voilà qui devrait donner matière à réfléchir aux vigiles. Mais elle sort et se fige brutalement, me fixant avec une intensité quasi terrifiante. Je la regarde aussi, tâchant de déchiffrer son expression. C'est fini nous deux ?

Mais voilà qu'elle se jette à mon cou, me serre et m'embrasse avec une telle fougue qu'on s'en va valdinguer contre la cabine téléphonique du mur d'en face. Je me remets du choc et participe activement, mais on est loin du simple baiser. Celui-ci est frénétique, passionné. Nos dents s'entrechoquent mais on s'en fiche. La seule chose qui compte, c'est d'être près l'un de l'autre, au plus près. Et cette quête contient une telle urgence qu'elle dépasse toutes les autres priorités.

Notre course tourbillonnante nous entraîne de l'autre côté du mur, nous faisant percuter une pile d'écriteaux « Attention ! Sol mouillé ! » qui s'écroule comme un jeu de dominos au milieu de l'esplanade.

— Je me fiche de ce qu'est ton père ! souffle-t-elle dans ma bouche.

— Je me fiche de ce qu'est le tien ! je souffle à mon tour dans la sienne.

Incroyable ! Le fin mot de l'histoire, c'est que Kendra nous voit en Roméo et Juliette de film noir, un couple au destin contrarié pour cause de familles mortellement ennemies. Je ne suis pas très porté sur les

Chapitre treize

confidences intimes, mais je dois reconnaître que ça donne un méchant coup de fouet à notre relation. Si j'avais su que ça lui ferait cet effet-là, je lui aurais parlé d'Anthony Luca dès le premier jour.

On s'explique un peu plus tard, garés dans un coin tranquille de la plage de Bryce, à l'emplacement même de mon fiasco avec Angela O'Bannon. Il fait un froid de gueux au bord de la mer, mais on dégage assez de chaleur et les vitres sont tellement embuées que ce n'est pas la peine de penser au paysage.

— Je crois que je ne sais même pas ce qu'est un parrain de la Mafia, dit-elle, la tête sur mon épaule.

Elle se dévisse le cou pour me regarder. C'est pathétique d'être aussi naïve quand on est la fille d'un agent du FBI.

— Tu as beaucoup de chance. Je donnerais n'importe quoi pour revenir à l'époque où mon père était le meilleur papa du monde.

— J'en ai ras le bol d'être une petite fille bien sage, déclare-t-elle soudain. Dis-moi en quoi consiste son boulot. Qu'est-ce qu'il a de si important qui oblige mon père à se crever quatorze heures par jour ?

Je secoue la tête.

— Je suis au plus bas niveau de l'échelle familiale. Je ne contrôle qu'un truc, ma volonté forcenée de ne jamais me mêler des affaires de mon père. Il n'y a que comme ça que j'arrive à être moi dans cette famille.

Beaucoup de points restés obscurs entre nous s'éclairent en même temps : mes faux boulots, la vraie raison de mon départ de l'équipe de foot, pourquoi je ne me gare jamais devant chez elle, pourquoi je l'appelle uniquement de mon portable. Elle est sidérée que le FBI soit autorisé à nous mettre sur écoute.

— Le problème, c'est que tu ne pourras jamais venir chez moi. Même si je trouve une embrouille pour te présenter à mes parents, ça n'empêchera pas ton père d'entendre ta voix sur les enregistrements.

— Et si on te donnait un faux nom ? propose-t-elle gentiment. Après, je n'aurai plus qu'à « rompre » avec Alex et à te présenter comme Bernie ou je ne sais qui.

— Refusé, dis-je en soupirant. Ton père connaît mon visage. La maison est surveillée. Des fédéraux ont même pris des photos au mariage de ma sœur. Papa leur a demandé de lui faire un petit album mais ils n'ont pas eu l'air d'apprécier.

— Il ne faut pas les juger, Vince, dit-elle d'un air déterminé. Ni de ton côté ni du mien. Il faut rester en dehors de tout ça et les laisser vaquer à leurs affaires. La seule chose qui nous regarde, c'est nous.

Entièrement d'accord avec elle. Mais mon esprit vagabonde déjà en direction des rumeurs d'infiltration au sein de l'organisation Luca. Si cette taupe existe vraiment et que l'agent Mords-Moi est sur le point d'inculper mon père, quels seront mes sentiments à l'égard de Kendra ?

14

Au lycée, je suis en train d'acquérir la réputation du type qui ne veut décidément pas être élu roi de la fête de fin d'année. Tout ça parce qu'on m'entend jurer et râler chaque fois que j'arrache une nouvelle affiche marquée Vince & Kendra.

Je confirme qu'elles continuent de proliférer, et plus que jamais. Un groupe de footballeurs pas très malins trouve même drôle d'en profiter pour me racketter.

— Eh, Luca ! File-nous vingt dollars sinon on vote pour toi ! dit l'un d'eux.

Et tous éclatent de rire.

Si notre couple gagne, ma première action en tant que roi sera d'exiger un nouveau décompte des voix.

Mais il y a un point positif dans cette affaire. Je sais au moins que ce n'est pas Kendra.

Alex n'est pas de cet avis.

— N'en sois pas si sûr, Vince. Les nanas raffolent de ce truc de fin d'année.

— Impossible, dis-je catégorique. Ça ficherait tout par terre.

— Chez les femmes, c'est psychologique, raisonne-t-il. D'un côté, il y a la logique. Et de l'autre, qui tire dans l'autre sens, le désir irrépressible d'être reine.

Ma vie est peut-être sens dessus dessous, mais il faudra qu'elle empire encore bien davantage pour que je sollicite l'avis de *misterferrari.com* sur les désirs irrépressibles des femmes.

En parlant de site web, le mien a pris la deuxième place du hit-parade et talonne *cyberpharaon.com*. Un second message sur « Histoires de chats » me fait sauter de joie. Mais c'est encore la mamie de quatre-vingt-cinq ans qui continue d'évoquer son cher matou disparu, Moumousse.

Moumousse, voilà un nom parfait pour un chat. On ne peut pas en dire autant d'Ides de Mars.

Premiers ministres. Acteurs. Chats qui font coin coin. Boule huit. Chats bronzés. Chats qui vous emmènent au septième ciel. Selon quelles probabilités peut-on aller à une fête en tongs, en compagnie de son chat ? Que diriez-vous de quatorze ? C'est ce que j'ai dénombré hier sur le site.

Je ne sais pas quoi faire. Alerter les flics serait trop radical, surtout pour un Luca. Sans compter qu'ils me prendraient pour un dingue. Alors je fais appel à ce qu'il y a de mieux après la police : la fille d'un agent du FBI. Kendra met ses talents considérables de journaliste d'investigation au service de mon cas.

— Pour commencer, il est évident que les annonces sont fausses, déclare-t-elle au bout de deux minutes.

Chapitre quatorze

— Pourquoi tu en es si sûre ?
Elle lève les yeux au ciel.
— Vince, pour cinq cents dollars, tu peux trouver un chat avec un pedigree qui remonte jusqu'à la préhistoire, pas un ersatz de chat dont le seul titre de gloire est de faire coin coin. Et ces noms ! Même pas des vrais noms, des formules, des expressions : Génie Militaire, J'Adore Défiler.

Je ne peux m'empêcher d'être émerveillé par la logique et la méthode avec lesquelles son esprit fonctionne. Et si c'était vrai que les chiens ne font pas des chats ? Cela dit, dans mon cas, ça fait peur. Anthony Luca est la dernière personne à qui j'aimerais ressembler.

Elle quitte l'écran des yeux pour se tourner vers moi dans le box exigu de la bibliothèque où nous nous trouvons actuellement.

— Et si c'était un pirate informatique ?
Je secoue la tête.
— Rien à voir avec ça. A condition d'avoir un ordinateur, tout le monde peut mettre une annonce sur mon site.
— Alors, un farceur. Quelqu'un de ta classe. Pourquoi pas Alex ? Il a un sens de l'humour plutôt noir.
— Ça n'expliquerait pas le trafic. J'en suis à sept cents connexions. Impossible que ce soit le fait d'un seul utilisateur.
— Reste la possibilité que les annonces soient des messages codés.

Mon père est un parrain

— Tu plaisantes !
Elle tourne l'écran vers moi pour que je le voie.
— Dans toutes les annonces, il y a deux chiffres : une somme en dollars et un nombre plus petit, comme boule *huit*, à *quatre* pattes par terre, *septième* ciel. Ensuite, il y a des mots-clés qui reviennent sans arrêt : *coin coin, fête en tongs, Premier ministre...*
Je suis horrifié.
— Mais c'est complètement dingue ! On n'est pas dans un roman d'espionnage !
Je fais part de la théorie de Kendra à M. Mullinicks, dans l'espoir surtout qu'il me rira au nez. Mais il s'en tient à son leitmotiv, répétant que les embarras de *jaimemonchat.usa* relèvent de mon problème. Mes camarades de classe trouvent aussi qu'il se passe quelque chose de pas très clair sur mon site. Mais ils ont d'autres chats à fouetter avec les leurs.

Quant à Tommy, il n'y voit rien de bizarre du tout. Le seul aspect positif de ce cours Nouveaux Médias est l'intérêt pour l'informatique qu'il a suscité chez mon frère. Tommy s'est même dégotté un ordinateur pour son appartement de New York. J'ai reçu un premier mail de lui hier soir :

salut vince ça va réponds-moi
comme ça je saurai si cette merde marche

Il semblerait que l'ordinateur de Tommy ne soit équipé ni de ponctuation ni de majuscules.

Chapitre quatorze

Bien sûr, il est toujours fourré à la maison. D'ailleurs, au moment où j'ouvre son mail, il est à côté de moi. C'est tout juste s'il ne pousse pas un hurlement de joie en voyant son texte s'afficher sur l'écran. J'ai l'impression d'être à Disney World avec un gosse de quatre ans.

Maman apparaît dans l'embrasure de la porte, un plateau chargé de gâteaux aux marshmallows entre les mains.

— Comme vous êtes mignons tous les deux devant cette machine de l'espace. On dirait deux savants !

Ma mère adore nous surprendre têtes rapprochées devant l'ordinateur. Ça la conforte dans l'idée que sa famille est la tribu normale dans laquelle elle se plaît à nous imaginer.

— Qui est en train de mourir ? je demande d'un air soupçonneux.

Les gâteaux aux marshmallows sont la version maternelle de la trousse de premier secours. Elle n'en fait qu'à l'arrivée d'un blessé.

— Personne, gros malin. Ton oncle Cosimo est passé nous voir. Pauvre homme, sa goutte le fait à nouveau souffrir.

Je grimace. La dernière attaque de goutte d'oncle Cosimo est arrivée *via* une décharge de gros sel récoltée en essayant de faire démarrer une Range Rover avec les fils.

Tommy marche vers l'escalier.

— Je ferais mieux d'aller lui parler, dit-il.

En regardant mon frère aller prendre les choses en

mains, je me rends compte que je ne le changerai jamais. Mais je suis heureux d'avoir réussi à le passionner pour quelque chose de légal. Bien qu'il y ait fort à parier que son ordinateur soit tombé d'un camion au lieu d'avoir été acheté honnêtement.

A dire vrai, je passe de moins en moins de temps sur mes devoirs de classe. J'ai un grand projet qui monopolise toutes mes capacités de réflexion. Je suis sûr qu'il existe un moyen pour Jimmy le Rat et Ed Mishkin d'apurer leurs dettes tout en remboursant les six cents dollars de ma carte de crédit paternelle (et celle de je ne sais qui).

En réalité, Jimmy et Ed se font un paquet de blé. Mais comme ils remboursent papa une fois par mois, ils se débrouillent pour tout claquer avant l'échéance. Et quand les oncles passent relever les compteurs, il ne reste plus rien. Ed dépense visiblement tout son argent en filles, mais Jimmy le Rat, que peut-il faire de son fric ? Pas s'acheter de belles fringues, indéniablement, ni aller chez le coiffeur et encore moins se ruiner en déodorant.

Le fond du problème, c'est que ces deux-là ont plus besoin d'un conseiller financier que d'un mafioso. Et tant qu'à perdre le sommeil à cause des doigts de Jimmy et de la grand-tante d'Ed, je crois que je ferais mieux d'endosser le rôle moi-même.

La première difficulté est d'attendre de ces deux caves qu'ils prévoient à un mois. Je calcule donc la somme que chacun doit prendre dans sa caisse tous les soirs et mettre de côté. Sur cette base, j'introduis un échéancier, qui

Chapitre quatorze

permet d'une part que je récupère mes six cents dollars et, d'autre part, qu'Ed rembourse à Jimmy les cent cinquante qu'il lui a prêtés la semaine dernière. Passons maintenant à la partie la plus épineuse. Je fixe le montant du remboursement de façon que Jimmy touche un trop-perçu de la part d'Ed les deux premières semaines au moment où il doit passer à la caisse, puis l'inverse.

Quand arrive le moment de mettre mes calculs sur Excel et de les imprimer, je ne suis pas peu fier de moi. Ensuite, j'appelle Jimmy. Mais absorbé par mes travaux de conseiller en placements, j'oublie qu'il est à peu près aussi facile de lui parler qu'à Saddam Hussein. Ed est plus facilement joignable car il attend toujours le coup de fil d'une fille. Je le sais pour la bonne raison qu'il décroche en disant : « Salut, beauté ! »

Je fais part à Ed de l'invention de mon système, mais il n'a pas l'air intéressé du tout. Il commence même à me raconter un film qu'il vient de voir !

Une déclaration de Tommy me revient en mémoire : « Je te garantis que si tu pourris la vie d'un mec, il risque pas de t'oublier. » Bref, je n'ai pas l'intention de faire de mal à qui que ce soit, mais ni de me faire oublier non plus.

J'interromps Ed dans sa description imagée de la lingerie portée par l'actrice principale.

— Écoute, Ed, je viens demain après les cours. Si vous n'êtes pas là, je me lave les mains de ce qui peut vous arriver.

Et je raccroche brutalement.

181

Le soir, je montre ma feuille de calcul à papa. Il est pris d'un tel fou rire qu'il en déchiquette une planche en noyer hors de prix à la scie circulaire.

Ça me blesse affreusement.

— Qu'est-ce qu'il y a de si drôle ?

Tommy ne partage pas tout à fait son hilarité.

— Tu sais à quoi va servir ton papier à un mec comme Jimmy le Rat ? A économiser du P.Q., point.

Ray est le plus gentil des trois, mais même lui n'est pas très encourageant.

— Tu as bon cœur, petit, mais tu perds ton temps. Des types comme ces deux-là peuvent commencer le mois avec l'équivalent de la Banque de France et être fauchés le quinze.

— Vous avez tort et je vous le prouverai !

En roulant pare-chocs contre pare-chocs vers New York, mon esprit vagabonde du côté du sous-sol de Kendra où je serais en ce moment si je n'avais pas cette réunion. Histoire de rester concentré, je jette des coups d'œil au siège passager où mes feuilles de calcul attendent roulées bien comme il faut, tels des passeports pour une vie meilleure destinés à deux demeurés. Il me faut une heure et demie pour arriver péniblement à Manhattan et encore vingt minutes pour me garer.

Je ne vous cacherai pas que je suis heureusement surpris de trouver Jimmy et Ed blottis dans une alcôve à l'écart du Java Grotto, le café d'Ed.

Chapitre quatorze

Je leur tends les feuilles en leur expliquant en détail comment ça doit fonctionner. C'est étonnant mais ils m'écoutent. Ces types-là brassent de l'argent, ce sont des hommes d'affaires.
Un long silence suit mon petit *speech*. Jimmy finit par le rompre :
— C'est pas possible, Vince.
Les bras m'en tombent.
— Comment ça, c'est pas possible ? Vous n'avez pas le choix. Vous avez déjà oublié ce que vous aviez comme alternative ?
Ed s'éclaircit la voix.
— Dis, Vince, ça te dirait un cappuccino ? C'est la maison qui régale.
— Non ! On n'est pas là pour boire du café ! Et tant que tu n'as pas redressé tes finances, la maison ne régale pas !
Jimmy intervient :
— On te remercie du fond du cœur pour ton aide. D'ailleurs...
Il roule ma feuille de calcul sur laquelle il fait glisser un élastique.
— J'aime tellement ce machin que je vais le faire encadrer pour le mettre au mur.
Je manque disjoncter.
— Ne me prends pas de haut ! Tu n'aimes pas ma façon de procéder ? Très bien, fais comme tu veux ! Combien vous avez mis de côté jusqu'à aujourd'hui ?
Ils me regardent fixement.

– Rien ? Rien ? Qu'est-ce que vous faites de votre fric ? Vous le jetez aux toilettes ?
– Écoute, dit Jimmy, il se trouve qu'il te manque un bout d'info nous concernant. Il y a quelques mois, Ed et moi, on a investi dans un établissement.
– Quel genre d'établissement ? je demande d'un air sceptique.
– Un établissement de spectacles, explique Ed. De spectacles pour adultes.
– Je vois, une boîte de strip-tease.
– Exact, Vince, dit Jimmy. Tu es un vrai connaisseur ! La boîte dans laquelle on a mis le fric se trouve sur la trente-neuvième rue, c'est le Platinum Coast. Anciennement le String Club, jusqu'à ce que les mecs de la mairie ferment l'établissement sous prétexte qu'il y avait trop de strings et pas assez de club. Vraiment classieux comme endroit.
– Alors, c'est quoi le problème ? je demande. Vous n'avez qu'à utiliser les bénéfices du Platinum Coast pour payer mon père.
– Y a pas de bénéfices, intervient Ed. La boîte bouffe déjà du fric. Et Boaz, notre associé, arrête pas de nous tanner pour qu'on mette plus de blé dedans.
Je hausse les épaules.
– Vous n'avez qu'à lui dire non.
– Mais on a déjà tellement investi ! gémit Jimmy. Si on laisse l'affaire capoter, on perd tout !
– C'est toujours mieux que de déshabiller Paul pour habiller Jacques.

Chapitre quatorze

— Mais des boîtes comme ça, Vince, c'est le jackpot, râle Ed. Si on arrivait à démarrer le Platinum Coast, on roulerait sur l'or ! Mais jusqu'à présent, c'est que des prises de tête : des emmerdes avec les flics, avec la licence pour l'alcool, avec le proprio. On est plus souvent fermés qu'ouvert. Dès que tout ça sera rentré dans l'ordre...
Jimmy m'attrape par le bras.
— Viens voir la boîte, Vince.
Je me dégage.
— Pourquoi ?
— Parce que t'as jamais vu un bijou pareil ! Dès que tu seras devant, tu comprendras pourquoi on peut pas laisser tomber.
— C'est une boîte de strip-tease !
— Pas une boîte de strip-tease, proteste Jimmy. Un club très select où les gros bonnets de la ville peuvent venir se détendre après une dure journée de boulot.
— Sans compter que les filles sont canon ! ajoute Ed.
Je réfléchis à la question. Bien sûr, je n'ai aucune envie d'aller visiter ce cul-de-basse-fosse. Mais je suis en quelque sorte leur conseiller financier. Et cette boîte représente un capital. Qui sait si les actions qu'ils détiennent dedans ne serviront pas un jour de monnaie d'échange pour leur éviter de se faire péter les genoux.
Ils ont raison. Je ferais mieux d'aller y faire un tour.
On part avec ma voiture. Comme ça, une fois que j'aurai admiré la perle rare, je n'aurai plus qu'à les met-

tre dans un taxi et à reprendre directement le tunnel. Je meurs d'impatience d'être rentré à la maison pour me jeter sous la douche. Traiter avec ces deux-là me donne l'impression d'avoir séjourné dans une friteuse. Même en plein jour, on peut voir les lumières de la boîte briller à plus de cent mètres. Voilà où part l'argent, en facture d'électricité. Je trouve une place de l'autre côté de la rue, juste en face. Assis dans la voiture, nous regardons, fascinés, les projecteurs traçants et le néon rose de la façade. Je nous aperçois en reflet dans les portes en miroir, Jimmy, Ed et moi. Mais qu'est-ce que je fiche là ?
— Si c'est pas beau ! s'émerveille Jimmy.
— Magnifique, je renchéris.
— Allez, viens. On va te montrer comment c'est dedans.
— Attends une seconde, je n'ai pas l'âge.
— Qui va te contrôler ? Tu es avec nous, dit Ed en riant.
— Et puis, faut que tu rencontres Boaz, ajoute Jimmy. Peut-être que t'arriveras à lui faire entendre raison pour qu'il arrête de nous saigner comme des porcs.
Je renâcle.
— Moi ? Je suis lycéen ! Qu'est-ce que je pourrais dire au patron d'un d'endroit pareil ?
— Pour commencer, tu pourrais lui dire ton nom, propose Ed.
— Vince ? je demande, stupéfait.
Puis, ça fait tilt. Lycéen ou pas, mon nom de famille

Chapitre quatorze

reste Luca. Jimmy et Ed espèrent qu'à ma simple vue, ce Boaz supposera que je parle au nom de mon père.
Je suis fou de rage.
— Vous aviez tout planifié ! Dire que je me demandais pourquoi vous vous étiez pointés sur ma seule demande. Vous vous fichez pas mal de tenir un budget ! Tout ce qui vous intéresse, c'est que j'aille convaincre ce type que vous êtes sous la protection de mon père !
— C'est pas ce que tu crois, Vince, tente Jimmy.
— Si, c'est exactement ça ! Je n'irai pas ! Et je vous préviens que si vous allez trouver ce type en lui disant que je suis avec vous, je m'arrangerai pour que mon père sache que vous utilisez son nom sans autorisation !
Cette fois, ça les fait réagir. Je ne crois pas avoir jamais entendu autant d'excuses de ma vie. Les deux zigotos sortent de la Mazda et filent de l'autre côté du cordon de velours rouge qui garde l'entrée de la boîte. Juste avant que la porte se referme, j'entr'aperçois une danseuse enroulée autour d'un mât métallique. La vision de ce corps me cloue sur mon siège, tête penchée à l'extérieur, bien après que la porte s'est refermée, attendant sans doute qu'elle s'ouvre à nouveau pour en voir plus.
C'est ce qui se passe une minute plus tard. Mais cette fois, ma danseuse n'est pas visible, elle est masquée par les trois plus belles filles que j'aie jamais vues de ma vie qui descendent l'escalier recouvert d'un tapis

rouge. Même avec des casquettes de base-ball et des gros sweat-shirts informes, on devine qu'elles sont à tomber par terre. Ce vieux Ed avait raison sur un point : au Platinum Coast, les filles sont canon.

Soudain, l'une d'elles regarde dans ma direction et crie :

— Vince ?

Je manque basculer par la fenêtre. Puis je la reconnais. C'est Cece, le « cadeau » de Tommy. Elle se souvient de moi ! Il faut dire aussi qu'elle ne doit pas souvent tomber sur un type qui se refuse à elle.

Je sors de la voiture et vais lui serrer la main. Elle me prend dans ses bras. Au début, je ne sais pas trop où me mettre. Mais elle dit :

— Sans rancune, d'accord ?

Et le malaise se dissipe.

— Tu danses dans cette boîte ?

Elle secoue la tête.

— Je ne suis pas danseuse. Je gère mes rendez-vous du bureau. En réalité, c'est pas vraiment une boîte.

Je lui désigne la porte en glace d'un air interloqué.

— J'ai vu une fille sur la scène...

— C'est pour la galerie. Boaz et Rafe font entrer et sortir des marchandises par la porte de derrière. Et pas mal de filles prennent leurs appels d'ici. C'est tout.

Difficile de se concentrer dans sa proximité immédiate, mais je crois que je comprends.

— Tu es en train de me dire que c'est une façade ?

Chapitre quatorze

— Mais non ! Cette boîte, c'est l'apothéose de Boaz, son ticket gagnant. Rafe et lui ont vendu sept cents pour cent du Platinum à des investisseurs qu'ils sont en train de plumer. Les cons !
Elle me regarde fixement.
— Ça va, Vince ? Tu es blanc comme un linge.
— Je... je dirai bonjour à Tommy de ta part.
Les jambes flageolantes, je remonte dans ma voiture. Je roule sur plusieurs centaines de mètres avant de m'apercevoir que je me suis engagé dans la mauvaise direction, au lieu de partir vers Long Island, je vais dans le New Jersey. Faire demi-tour requiert plus que je ne suis en mesure de fournir actuellement. Je me sens incapable de prendre la plus petite décision. Faut-il que je prévienne Jimmy et Ed qu'ils se font arnaquer ? Bien sûr ! Alors comment se fait-il que je tourne les talons ? C'est comme si mettre de la distance entre le Platinum Coast et moi me donnait la possibilité de m'extraire de toute cette affaire dégoûtante.

Je prends le tunnel mais je me gare juste après le péage. Si je roule sur la voie rapide dans cet état, je risque l'accident.

J'ai le cerveau en ébullition, j'échafaude des hypothèses comme un ordinateur traitant des milliers de données. Quel imbécile d'avoir pensé que je pourrais sortir ces deux-là de leur ornière et les remettre d'équerre. Ils ne le seront jamais. Même s'ils coupent les ponts avec Boaz, la perte de leur investissement ajoutée aux intérêts sur les dettes qu'ils contractent pour s'en sortir vont les faire plonger. Ce qui signifie ? Pour commencer que je peux dire adieu à mes six cents dollars, mais ce n'est pas le plus grave. La seule véritable inquiétude, c'est Jimmy et Ed. Ils devraient encore pouvoir faire illusion un mois par-ci, un mois par-là. Mais sur le long terme, les cartes jouent contre eux. Ils vont devoir payer de leurs os et de leurs doigts, ce qui est déjà révoltant en soi. Mais un de ces jours, ce sera de leur vie !

Quand je reprends ma place dans la circulation, je me sens plus calme, mais loin de l'être tout à fait. Si j'avais encore besoin d'une preuve que le business des distributeurs automatiques n'est pas pour moi, je la tiens. Je ne fais qu'en effleurer la surface et me voilà déjà totalement dépassé. Je ne connais qu'une personne susceptible de démêler tout ça.

Quand je freine devant la maison, j'aperçois papa, Tommy et Ray en train de monter à l'arrière d'une limousine garée dans l'allée.

J'ai à peine mis le pied par terre que je cours déjà.

— Papa ! Papa !

Mon père s'arrête.

— Vince, j'ai une réunion. Maman t'a gardé des pâtes au chaud.

— Papa, juste une minute !

— Ça va, Vince ? demande Tommy de l'intérieur de la voiture. T'as pas l'air en forme.

Je leur lâche le morceau tout à trac :

Chapitre quatorze

— Jimmy et Ed sont en train de se faire arnaquer ! Ils ne vont jamais pouvoir payer tout cet argent !
— C'est pas mes oignons. Et encore moins les tiens, tranche mon père.
— Comment tu peux dire un truc pareil ? Évidemment que c'est tes oignons ! Tu vas jamais revoir ton argent. Et à cause de ça, tu seras obligé de faire Dieu sait quoi !

Mon père me décoche un regard Luca qui me fait taire dans les plus brefs délais.

— Je ne veux pas entendre ça. Et encore moins que tu le cries sur les toits. Tu t'imagines sans doute être le premier gosse affolé à venir me trouver avec les yeux écarquillés en déblatérant n'importe quoi ? J'ai déjà vu ça des millions de fois et ça veut toujours dire la même chose : une situation que tu as la prétention de croire pouvoir maîtriser est en train de t'échapper.
— Tu es mon père ! Aide-moi !
— Mais c'est ce que je fais ! crie-t-il. Si seulement tu daignais sortir la tête du sac, tu t'en apercevrais ! Je t'ai tout passé parce que je voulais te laisser trouver ta voie. Aujourd'hui, c'est terminé. Écoute-moi bien, à partir de dorénavant, tu as interdiction de parler à Jimmy le Rat et à ce Ed. Et je vais leur faire savoir qu'ils n'ont pas le droit de t'approcher.
— Tu les condamnes à mort !

Papa ne répond pas. Il a dicté sa loi, le sujet est clos.
J'entends Ray dans la limousine qui dit :
— Ça vous ennuie si je vous rejoins avec ma voiture ?

– Pourquoi pas ? dit mon père d'une voix lasse. Va donc te taper la tête contre un mur de briques.

Ray sort de la voiture et papa monte dedans. Tandis que nous les regardons s'éloigner, Ray pose son bras sur mes épaules.

– Conseil d'ami : ne parle jamais de condamnation à mort devant ton père.

Je ris, et pourtant je suis à deux doigts de pleurer.

– C'est pas drôle.

– Tu as raison, consent Ray sérieusement. C'est le métier qui veut ça.

– Le métier craint !

Il est gentil, mais ferme.

– Ton père a peut-être raison de se faire du souci pour toi, Vince. Tu ne fais pas la différence entre jouer et travailler. Le travail, c'est dur. Ça prend toute la journée et personne ne conteste le fait que certains ne sont pas toujours très contents du résultat. Crois-tu que ce soit différent ailleurs ? Penses-tu que si tu foires à Wall Street, tu n'es pas viré ?

– Viré, peut-être. Mais pas tué.

– Qui te dit que quelqu'un le sera ici ? Ton père n'est pas un tendre, mais pas un monstre non plus. Là où il est le plus heureux, c'est quand tout le monde se fait payer et que les oncles passent la journée à taper le carton.

– Sauf qu'il ne se fera pas payer.

Ray hausse les épaules.

– Peut-être y aura-t-il du grabuge demain du côté de

Chapitre quatorze

Glauque City. Ça ne m'enchante pas, mais tu me vois prendre un avion pour empêcher ça ? Il existe des millions de choses qu'on peut changer et autant contre lesquelles on ne peut rien. Tu as dix-sept ans et un bel avenir devant toi. L'année prochaine, tu seras à la fac. Tu as une super copine. Ça marche toujours vous deux ?
Je hoche la tête.
– C'est un peu compliqué, mais ça va.
– Voilà sur quoi tu devrais te concentrer. On va faire un truc. Je connais le proprio d'un resto sur la plage du Lido. Un endroit vraiment romantique, face à la mer. Emmène-la dîner là demain soir. J'arrange tout.
– Tu essaies de m'acheter.
– Les femmes adorent ce restaurant. Tu peux me faire confiance.
– On dirait Alex.
– Sauf que moi, je réussis à sortir avec des filles.
– Entendu. Je lui donne une tape sur l'épaule. Merci, Ray.
– De rien. Maintenant il faut que je file, je ne peux pas faire attendre le patron.
Je suis sur le point de lui poser la question qui me turlupine depuis le jour où j'ai compris que le business des distributeurs automatiques ne traitait pas de distributeurs à proprement parler. C'est vrai : j'ai dix-sept ans, j'ai la vie devant moi. Ray Francione aussi a eu mon âge. Qu'est-ce qui peut pousser un type bien à devenir gangster ?

193

L'argent ? Les femmes ? Une fibre rebelle ? Qu'est-ce qui peut inciter un individu à choisir un métier hors la loi ?

Mon père prétend que c'est sa première feuille de paye qui a décidé de son sort. Je suppose qu'il a dû lire le montant des cotisations sociales une fois et celui du prélèvement d'impôt et se dire qu'oncle Sam le prenait pour une vache à lait. A présent, papa est une sorte de gouvernement à lui tout seul, et dans cet État-là il touche un pourcentage sur tout. De son point de vue, il a juste modifié en sa faveur les termes d'un contrat inique. Ce qui n'est pas rien. Avocats, médecins, banquiers, papa est aussi rapide et intelligent qu'eux. Il aurait pu faire carrière dans n'importe quelle branche.

Il aurait pu...

Est-ce vraiment utile d'appliquer ces trois mots à Anthony Luca et à ceux qui travaillent pour lui ? Ils font des choix et basta. Du peu que je sais, avec un bon agent, oncle Pampers aurait pu devenir un chanteur de country ultra connu. Au lieu de ça, il fait la fortune des croque-morts.

Les choix !

J'espère que je fais les bons.

15

Kendra et moi décidons de faire du dîner de Ray une soirée inoubliable. On se met sur notre trente et un, on y va tôt, on reste tard. Le grand jeu.

Sur le sujet Jimmy et Ed, j'ai décidé de traiter papa par le mépris. On s'en serait douté, je ne sais pas faire un nœud de cravate. Tommy non plus. Et maman pas davantage. Devinez qui ça me laisse ?

Je trouve papa à la cave devant le tour à bois sur lequel il est train de creuser un saladier à l'aide d'un burin qui, entre ses grosses paluches, fait figure de cure-dents. Je réprime un fou rire. Le roi des distributeurs de New York est couvert de sciure de la tête aux pieds.

Impossible de résister.

— Le yeti existe ! je m'écrie.

Papa éteint le tour.

— Qu'est-ce que tu dirais d'un aller simple pour l'Himalaya ? grogne-t-il.

Mon sourire s'évanouit. Les menaces de mon père,

même pour rire, ne sont plus drôles. Si tant est qu'elles l'aient jamais été.
— Tu m'aides à faire mon nœud ?
Il avance vers moi, soulevant un blizzard de poussière de bois.
— Je te retrouve là-haut, dit-il. Je crois bien que je vais être obligé de me passer à l'aspirateur.

Quand il arrive enfin, il se place derrière moi et me passe un bras de chaque côté du cou de façon à nouer la cravate dans le miroir, car, de face il n'y arrive pas.
— Depuis quand tu as grandi comme ça, fiston ?
Je m'écarte.
— Merci, je marmonne.
— C'est sympa de la part de Ray de vous organiser cette soirée.

On dirait que mon père veut faire la paix. Il n'a pas l'air très à l'aise. Anthony Luca est rarement en situation de réparer les pots cassés. D'habitude, c'est plutôt aux autres qu'il incombe de faire ça.
— J'espère que tu me présenteras ta copine un de ces jours.
— Ça se peut, dis-je sans conviction.

En réalité, le seul moyen d'y parvenir serait que son procès pour racket et la journée portes ouvertes aux enfants du FBI tombe le même jour.

Je me sens immédiatement coupable à cette pensée. Il est mon père et l'idée qu'il aille en prison m'est insupportable.

Chapitre quinze

— Tu as raison depuis le début. Le Milieu n'est pas pour toi, reprend-il. Je n'aurais jamais dû te laisser t'embarquer dans ce truc.

Ce truc ! Du Anthony Luca tout craché. Quand on n'est pas à la cave, et donc susceptibles d'être entendus par le FBI, rien n'est clairement spécifié chez les Luca. Il n'est question que de « trucs », de « situations », parfois de « machins ». De « problèmes » également, bien que les problèmes puissent aussi désigner des personnes. Avant de se transformer en cadavre, Calabrese était un problème.

Je ne donne pas à papa le plaisir d'un commentaire. Je suis embarqué dans ce truc et personne n'y pourra rien changer, pas même le grand Anthony Luca. Cela dit, il peut me rendre les choses difficiles. J'ai essayé de joindre Jimmy le Rat toute la journée, sans succès. En revanche, j'ai eu Ed au numéro spécial gonzesses mais, en entendant ma voix, il a eu la trouille de sa vie.

— Bon sang, Vince, tu veux me faire buter ou quoi ?
Et il a raccroché.

Les diktats de mon père ont le chic pour se propager à la vitesse de la lumière et je ne doute pas des aptitudes de Zéro Tarin à les faire comprendre à tout un chacun.

Papa tente une dernière cartouche :
— Je sais que tu m'en veux, Vince. Mais, un jour, tu verras que j'ai agi pour le bien de tous.

Pour lui, possible. Même pour moi, va savoir ! Mais pour Jimmy le Rat et Ed Mishkin, je ne vois pas comment.

MON PÈRE EST UN PARRAIN

J'attends Kendra à cent mètres de chez elle, dissimulé derrière une haie. Je songe qu'il me faudra bientôt changer de cachette. Les arbres ont déjà perdu pas mal de feuilles, c'est le risque quand on sort avec une fille en octobre. En hiver, de la fenêtre du premier étage, on aura une vue plongeante sur ma planque.

Ce sont ses jambes, bien plus longues que dans mon souvenir, que je vois d'abord avancer sur le trottoir. Je la découvre de bas en haut : minijupe, top, etc. Et quand son visage apparaît enfin, je me dévisse la tête comme une girafe. Kendra fait partie de ces filles qui consacrent peu de temps à leur apparence et trouvent le moyen d'être à leur avantage sans faire grand-chose. Se coiffer signifie pour elle se sécher les cheveux avec une serviette. Je n'ai jamais eu l'occasion de la voir si habillée, si maquillée, si coiffée. Elle est trop !

Je suis fier. Je sais que c'est superficiel et très Luca comme sentiment. Dans les distributeurs, la beauté n'est pas tout. Elle est tout ! Mais je ne peux m'empêcher de l'être : moi qui me suis frotté (voire davantage) avec des Cece et consœurs et sais par conséquent de quoi je parle, je déclare que ma copine est sexy. Peut-être que je ne vaux guère mieux qu'un Ed Mishkin, mais tant pis, c'est trop bon.

Je la regarde croiser ses jambes interminables en prenant place sur le siège à côté de moi.

— Tu es mignonne, tu sais.

La déclaration du siècle !

— Toi aussi, répond-elle.

Chapitre quinze

On éclate de rire et on part pour le restaurant, plus heureux qu'il est permis de l'être.

Le Topsiders est construit directement sur une jetée et bénéficie d'une vue panoramique sur la mer grâce à des baies vitrées gigantesques. Il y a un monde fou, mais nous sommes attendus. Alors que des gens poireautent pour obtenir une table, le maître d'hôtel nous guide prestement vers la meilleure de la maison, juste en face de la baie.

Kendra n'en revient pas. Moi si, j'ai l'habitude de ce genre de traitement. Vous croyez peut-être qu'Anthony Luca fait le pied de grue pour une table ? J'ai toujours détesté notre « statut particulier ». Mais ce soir, je le vois à travers les yeux de Kendra et je n'ai même pas honte d'avouer que j'en suis tout excité.

— Question de relations, dis-je en manière de réponse à son regard interrogateur.

Kendra se plaint d'être naïve, mais c'est un des aspects de sa personnalité que j'apprécie le plus. Il ne lui vient pas à l'idée que les relations que j'évoque sont justement celles sur lesquelles son père passe sa vie à enquêter.

Ce dîner est entouré d'une sorte de halo. C'est drôle comme sur des sujets qui fâchent, des trucs qui ne marchent pas, style l'affaire Angela O'Bannon, mon site web ou l'embrouille avec Jimmy et Ed, je peux être intarissable. Alors que, dès qu'il s'agit de décrire une soirée parfaite avec Kendra, j'ai du mal à le faire. Peut-être est-ce juste que je ne trouve pas les mots poétiques pour parler de la beauté de la lune. Et belle, elle l'est, pleine et brillante, dessinant un trait argenté sur l'horizon. Je me souviens d'avoir très bien mangé, quoique ça ne soit pas le plus important. Je me rappelle parfaitement avoir entr'aperçu Ray qui vérifiait si nous étions bien installés. Et qui n'est même pas venu nous dire bonsoir. Par discrétion, je suppose. Je le surprends à l'affût derrière des palmiers en pot en train de s'assurer qu'on a la bonne table et qu'on passe une excellente soirée. Mais, deux secondes plus tard, quand je regarde à nouveau de ce côté, il est parti.

Je suis à deux doigts de lui courir après. J'aimerais lui présenter Kendra pour qu'on puisse le remercier. Puis je comprends aussitôt que ce n'est pas son genre. Ray est un type super, c'est le meilleur. Mais il préfère garder l'anonymat. Même au sein de l'organisation de papa où il est en train de monter en flèche, il la joue toujours profil bas, préférant être la baby-sitter de Tommy plutôt que de s'en mettre plein les poches et de la ramener. Il détesterait qu'on en fasse tout un plat. Le voir ici, ne serait-ce qu'une seconde, me fait chaud au cœur.

Après tout, voilà peut-être ce qui rend cette soirée si extraordinaire à mes yeux. Avec du recul, combien de fois peut-on se dire : « Ça, c'est vraiment moi » ? Quand j'imagine ma vie telle que j'aimerais qu'elle soit, je me vois ici, maintenant. Avec Kendra Morloy assise en face de moi.

Je ne me résous pas à lui avouer qu'elle est la

Chapitre quinze

meilleure chose qui me soit arrivée dans la vie, et que je l'aime. Je voudrais bien. En deux ou trois occasions, je suis quasi sur le point de le faire. Mais je suis un Luca. Avec un ADN programmé pour me gratter négligemment sous un marcel, pas pour partager mes émotions. N'empêche, le fait que ces trois mots (et lesquels !) m'aient traversé l'esprit est déjà énorme.

Après le dîner, je viens juste de la raccompagner et je ne peux pas attendre d'être à la maison pour entendre à nouveau sa voix. Mais en rallumant mon portable, je m'aperçois que la ligne a été coupée.

Ray m'avait prévenu. Les téléphones piratés ne sont pas éternels. L'opérateur finit un jour ou l'autre par se rendre compte qu'on squatte le service. Très vite, la police remontera jusqu'au numéro. Si elle n'est pas déjà en train de le faire.

Suivant les instructions de Ray, je roule jusqu'à la plage et je balance le téléphone très loin dans l'océan.

Le truc avec les portables, c'est qu'on ne se rend compte à quel point on en a besoin qu'une fois qu'on n'en a plus. Je ne me suis jamais senti aussi injoignable. J'essaye d'appeler Kendra d'une cabine, mais c'est toujours un de ses parents qui répond, alors je raccroche. Je me demande si elle essaie de m'appeler et si elle tombe sur un message disant que le numéro n'est plus attribué. Je passe même devant chez elle à plusieurs reprises, mais elle n'est pas à l'extérieur et je n'arrive pas à attirer son attention à une fenêtre.

Ray est introuvable. Tommy me dit qu'il est à Jersey, mais en tombant sur oncle Sortie j'apprends qu'il est peut-être parti à la pêche dans l'Est avec Primo. D'un côté comme de l'autre, je suis condamné à Alex qui, en découvrant la raison pour laquelle je me pointe chez lui, n'est pas très flatté.

Comme je le vois tous les jours au lycée, je ne me rends pas compte à quel point j'ai perdu le contact avec lui. Il est en train de virer ermite aigri, cloîtré dans sa chambre dans le noir, à regarder la saga *Star Trek* en boucle. Il a tous les épisodes et je parle des premières séries : *The Next Generation, Deep Space Nine, Voyager*, et j'en passe.

Sur fond de *The Search for Spock*, j'avance prudemment :

— Tu sais, Alex, il faut que tu arrêtes ça.

Sans quitter l'écran des yeux, il dit :

— Quoi ?

Je photographie mentalement sa chambre. Son ordinateur est à moitié enseveli sous du linge sale et il n'a pas ouvert les trente-sept nouveaux messages adressés à *misterferrari.com*. Son aquarium est tellement dégueu que les poissons rouges sont gris, on dirait des fantômes. Son hérisson à fourrure en herbe est desséché. Je suis sûr qu'il ne s'est pas rasé depuis des semaines, ce qui dans son cas n'est pas génial parce qu'il est tout ce qu'il y a de blond. Cependant, les trois poils frisottés qui lui poussent au menton supporteraient facilement le poids d'une balançoire.

Chapitre quinze

Comment en est-on arrivés là ? Alex a survécu à dix-sept ans de célibat. Pourquoi lui est-ce soudain devenu si intolérable simplement du fait que je sorte avec quelqu'un ? J'étais venu avec l'intention de lui demander d'appeler Kendra pour moi. Maintenant, je ne trouve plus l'idée si bonne que ça.

Le lundi, j'arrive au lycée plus tôt que jamais et, en plus, je me retiens de partir une demi-heure en avance. La bibliothécaire n'est pas encore là, mais je me fais ouvrir la salle médias par un des gardiens. Je démarre un ordinateur et prends mon mal en patience en parcourant les dernières nouveautés en matière d'annonces débiles sur « Marché Miaou ».

Je lance un appel solennel
pour Madame Curie, une chatte trouvée
il y a quatre ans dans un Champion. 300 $ – P.Z.

J'essaye de la lire avec le regard analytique de Kendra. Effectivement, le prix est dément. Qui aurait le culot de demander trois cents dollars pour un chat égaré recueilli dans un supermarché ? Les chiffres-clés y sont : « trois cents » et « quatre ». Et je suis déjà tombé sur « appel solennel ».

Je propose une double vente de chats.
Premièrement Material Girl.

Deuxièmement : Attention En Dessous.
Vous n'avez jamais vu de tireurs d'élite
comme ces deux-là. 350 $ – M.K.

Il faut qu'on m'explique comment un chat peut être tireur d'élite. A moins qu'il crache ses boules de poil avec une précision redoutable. Possible qu'il s'agisse vraiment d'un message codé. Mais de qui à qui ? Et surtout : pourquoi sur mon site ?
En temps normal, ça suffirait à me faire m'arracher les cheveux le reste de la semaine.
Mais ce matin, j'ai l'œil sur la montre. Le bus de Kendra arrive à huit heures cinq. Je veux être la première personne qu'elle voie en arrivant pour qu'elle sache que, si je ne l'ai pas appelée du week-end, ce n'est pas parce que je l'ai plaquée.
Je me dissimule le visage, conscient d'avoir l'air affreusement niais. Depuis vendredi, il ne peut faire aucun doute dans son esprit qu'elle est ma priorité numéro un.
Je me place exprès de façon à être face à son casier quand elle débouche dans le hall.
— Salut, toi.
Je me penche pour l'embrasser, mais elle se dérobe et mes lèvres viennent frotter contre son sac à dos.
— Mon portable m'a lâché, je débite en toute hâte. Je suis passé devant chez toi plusieurs fois, mais je n'arrivais pas à attirer ton attention.
Elle ouvre son casier et commence à ranger des livres.

Chapitre quinze

— Normalement, j'en ai un nouveau ce soir. Au pire, demain.

— Super, dit-elle avec la froideur d'un vent glacé dévalant un iceberg.

Quelque chose ne va pas.

— Kendra, qu'est-ce qui t'arrive ? Tu sais bien que je t'appelle dès que je peux.

Pour la première fois depuis le début, elle me regarde.

— Écoute, Vince, on s'est bien amusés. Mais je crois qu'on ferait mieux d'arrêter de se voir.

Si elle m'avait balancé une tarte en pleine figure, je ne serais pas plus ahuri.

— Tu te fous de moi ou quoi ?

Elle referme son casier. Le claquement métallique me rappelle celui de la porte d'une cellule dans un documentaire sur les prisons. Brutal. Définitif.

Je suis effondré.

— Mais c'est la vérité ! Tu sais bien pourquoi je suis obligé d'avoir un téléphone piraté.

Elle s'apprête à traverser le hall, mais elle se retourne et me dit :

— Ça fait deux fois plus mal que je pensais, alors arrête !

— Je ne peux pas te montrer mon portable... j'ai été obligé de m'en débarrasser !

— Mais tu vas la fermer avec ce téléphone portable ! explose-t-elle. Il ne s'agit pas de ce putain de truc !

Je commence à comprendre.

205

— C'est à cause de mon père ?
— Tu m'as menti ! Tu as dit que tu n'avais rien à voir avec ses affaires !
— C'est vrai !
— J'ai vu des photos ! dit-elle presque en hurlant.
— C'est impossible.

Je tends la main vers elle, mais elle me repousse brutalement.

— Tu es un usurier !
— Quoi ?
— Il y a des preuves. Le FBI, mon père, a des photos de toi en train de soutirer de l'argent à des gens ! A commencer par ce type louche sur le parking du lycée !

Après que l'onde de choc a fini de me parcourir tout entier, reste cette impression horriblement familière. Déjà éprouvée quand les flics m'ont coffré au motif que je conduisais un cadeau d'anniversaire dont j'ignorais qu'il était volé. Et aussi la fois où j'ai ouvert mon coffre sur la plage de Bryce. C'est un mélange de choc, de nausée et de clairvoyance qui survient au moment où je prends conscience que mon nom de famille m'a (encore) fait perdre quelque chose d'important.

Sauf que cette fois le prix à payer est trop élevé.

— C'est pas ce que tu crois. J'aide ces gens ! Ils se sont mis dans le pétrin et ils sont venus me trouver pour que j'intercède en leur faveur auprès de mon père ! Ensuite, c'est moi qui me suis retrouvé dans...

J'ai beau être celui qui parle, je m'écoute par les oreilles de Kendra. Et je ne me trouve pas convaincant.

Chapitre quinze

Pourtant, je sais que je dis la vérité. Mon histoire ressemble à un gros mensonge et je me casse tout seul la figure en tâchant de lui restituer les faits alors que, dans le même temps, j'intègre une information colossale. Le FBI a des photos de moi. Le FBI pense que je suis un gangster.

A présent, Kendra est en larmes et, dans la cohue d'avant les cours, nous attirons pas mal l'attention. Dans un lycée de la taille de Jefferson, on est sûr d'avoir au moins une ou deux ruptures par semaine. Mais je n'aurais jamais pensé que Kendra et moi en ferions les frais.

— Tais-toi ! Tais-toi !

Et c'est ce que je fais car, à ce stade, je ne sais même plus ce que je dis de toute façon.

— Ne... Ne m'approche plus jamais ! dit-elle en sanglotant et elle s'enfuit.

Je suis au bord des larmes, moi aussi. Intérieurement en tout cas. Pour une raison que j'ignore elles n'arrivent jamais à affleurer, comme si tous les mâles de la famille Luca étaient nés avec les conduits lacrymaux bouchés.

Ça fait un mal de chien, j'ai l'impression que tous les bons moments qu'on a passés ensemble viennent de m'atterrir sur la tête de tout leur poids. Je n'envisage même pas une seconde d'aller en cours. Je retourne sur le parking m'asseoir dans ma voiture, assommé et amer. Je maudis papa, Tommy, Ray, les oncles et tous les mecs qui travaillent pour eux. Je maudis deux fois plus Jimmy et Ed d'être si faibles et si stupides et de m'avoir entraîné dans leur galère. Je maudis le FBI de soupçonner un jeune innocent alors que des tueurs en série courent les rues.

Et c'est là que ça me frappe. La seule question que je ne me suis pas encore posée est la plus importante de toutes : comment l'agent Mords-Moi a-t-il découvert la vérité sur Kendra et moi ?

16

— Mais enfin, Vince, le mec est agent du FBI, dit Alex. Il est au moins capable de découvrir avec qui sort sa fille.

Les cours sont terminés et on roule en Mazda. Alex a pris le volant car je suis trop bouleversé pour conduire. J'ai incliné mon siège au maximum et je regarde, couché sur le dos, le ciel qui défile par le toit ouvrant. Les nuages sont gris et bas, comme moi. Il y a une cassette K-Do dans le lecteur et chaque note de la voix chaude de Kendra me décoche un éclat d'obus dans le ventre.

Ne serait-ce que l'idée qu'elle a définitivement disparu du paysage redonne la pêche à Alex. Je le déteste.

— Tu ferais mieux de prendre tout ça avec philosophie, poursuit-il. En fait, tu n'aurais jamais dû sortir avec elle compte tenu du boulot de son père. Regarde les choses en face, ce que tu as gratté au niveau câlins avec la fille d'un agent du FBI, c'est tout bénef. Si tu calcules bien, tu as eu plein de rab.

— On dirait que ça te fait plaisir.

Il est très offensé que je puisse penser une chose pareille.

— Quand tu as mal, j'ai mal. On parle de mes histoires d'amour, tu as oublié ? Tu crois peut-être que je ne souffre pas avec toi.

Je sais pertinemment que non.

— Jamais tu n'auras un copain aussi compréhensif que moi. Par solidarité, je décrète l'embargo sur Kendra dès aujourd'hui. Elle peut faire une croix sur notre amitié. Cela dit, elle chante super bien, ajoute-t-il en entendant sortir des minibaffles de la Mazda les accents déchirants de mon ex sur *My Heart Will Go On*, l'hymne de *Titanic*.

— Effectivement, je me souviens que tu es un fan de la première heure, je lui rétorque. J'en veux pour preuve cette cassette que tu as dupliquée en ajoutant des bruits très personnels. C'était sympa comme hommage.

Il y a soudain comme un raté sur la bande et on passe à une autre chanson en plein milieu d'un mot : *Yesterday*.

Je souris malgré moi. Si Kendra est en veine d'enregistrement, elle prend la première cassette qui lui tombe sous la main, elle la glisse dans son lecteur et elle y va. Toutes les K-Do sont pareilles, les chansons sont enregistrées les unes sur les autres, ou en plein milieu d'une autre, elles s'interrompent ou reprennent leur cours. La plupart des gens prendraient au moins le temps de mettre une cassette vierge ou de

Chapitre seize

faire avancer la vieille jusqu'à un blanc. Pas Kendra. Elle, lorsqu'elle a envie de chanter, c'est tout de suite. Chez une fille qui fait preuve de logique en toute circonstance, cette pulsion irrésistible ne manque pas de charme. Du moins avant ce matin, huit heures six. Au bon vieux temps.

Il y a un deuxième raté et on prend cette fois *Hit the Road, Jack* en cours, le standard de Ray Charles.

Alex hennit.

– Ça, c'est marrant !

– Je croyais que tu souffrais, je grommelle.

On arrive finalement devant chez lui et je descends pour reprendre le volant.

Alex me serre dans ses bras à m'étouffer.

– On va s'en sortir, Vince.

– Lâche-moi ou je te tue.

Mais une fois mon copain disparu à l'intérieur, je me rends compte qu'à cet instant précis même sa compagnie est préférable à la solitude.

Je ne fais pas un geste pour démarrer. Rentrer à la maison n'est pas vraiment une bonne idée. Je ne me vois pas au Q.G. des Luca, et encore moins croiser papa et Tommy.

Pourtant, si je suis honnête, cette fois je ne peux pas leur mettre ça sur le dos. Kendra était au courant des activités de ma famille. Puisque c'est moi qui ai mis le nez dans les turpitudes de Jimmy le Rat et d'Ed Mishkin, je n'ai à m'en prendre qu'à moi-même. J'ai enfreint ma propre règle et je le paye cher.

211

J'enfonce comme un sauvage la touche EJECT du lecteur. La cassette K-Do atterrit à mes pieds. Elle a une fonction qui me serait bien utile aujourd'hui : rembobiner/effacer.

Je me suis repassé le film des centaines de fois : Jimmy qui s'approche de moi sur le parking du lycée et moi qui lui dis d'aller se faire voir.

Mais même avec ce que je sais maintenant, comment aurais-je pu laisser tomber Jimmy et Ed quand ils avaient besoin de moi ? Je ne le ferais pas plus aujourd'hui, sauf que je n'ai plus le choix. Grâce à papa, les deux lascars n'osent pas rester assez longtemps au téléphone avec moi pour que j'arrive à les prévenir que le Platinum Coast est une arnaque.

Quand je pense à la façon dont je me suis démené, à tous les appels que j'ai passés, à mes déplacements à New York, tout ça pour que la situation de ces pauvres bougres soit aussi calamiteuse qu'avant mon « intervention charitable ». Et je suis de ma poche de six cents dollars et de ma copine par-dessus le marché ! Sans oublier que le FBI me soupçonne d'être un usurier.

Au hit-parade des grosses foirades, je serais en tête ! Le plus triste, c'est que j'assiste à ce désastre en spectateur, sans rien pouvoir faire.

A moins que... L'idée jaillit dans mon cerveau avec tant de fulgurance que je sursaute et me cogne le genou contre le volant. L'idée n'est pas à proprement parler de moi. Elle est signée Jimmy et Ed. Ce sont eux qui voulaient que j'aille trouver Boaz en mettant mon nom en

Chapitre seize

avant, histoire de lui faire croire que j'étais le porte-parole de mon père. Tout ça pour dire que si je ne peux plus joindre Jimmy et Ed, rien ne m'empêche d'aller voir Boaz en qualité de « délégué » d'Anthony Luca.

Ce plan m'emballe tellement que c'en est presque effrayant. Est-ce d'avoir été largué qui me rend totalement inconscient, comme ces types qui roulent à tombeau ouvert après s'être fait jeter par leur nana ? Honnêtement, je ne crois pas. Boaz est peut-être une brute, mais il faudrait qu'il soit suicidaire pour lever la main sur le fils d'Anthony Luca. Je suis une police d'assurance ambulante à moi tout seul. Si je voulais aller à la Maison-Blanche faire une blague au président et lui remonter son caleçon dans la raie des fesses, je pourrais. Et quand les services secrets se pointeraient pour m'arrêter, je n'aurais qu'à leur brandir mon permis de conduire sous le nez.

Le seul inconvénient, c'est que si papa a vent de mon intervention, il peut piquer la crise du siècle. Mais, franchement, mes rapports avec lui ne sont pas ma priorité du jour. Quoi qu'il en soit, ses recommandations concernaient Jimmy et Ed. Pas Boaz.

Si j'arrive à prendre ce Boaz entre quat'zyeux et que, grâce au nom de mon père, Jimmy et Ed récupèrent leur fric, ces deux abrutis seront en mesure de rembourser leurs dettes et de repartir de zéro. Ce qui leur éviterait de perdre un os, un doigt, une grand-tante, voire la vie. Possible que comme copain et webmaster, je n'assure pas une cacahouète. Possible que je sois sous le coup d'une enquête du FBI pour usure. Malgré tout, je suis certain que rien ne vaut le coup comme d'aider les gens dans le besoin.

Je mets le contact et prends la rocade qui contourne l'État par le sud. Le tonnerre gronde. Si c'est un signe, je n'en tiens pas compte.

N'ayant pas la moindre envie de me taper une autre heure et demie d'embouteillages pour arriver jusqu'à New York, j'écoute le point sur la circulation en passant d'une station à l'autre. Mais le seul sujet qui passionne les gens à la radio, ce sont les violents orages qui nous arrivent droit dessus. Le déchaînement de cette apocalypse le jour de ma rupture avec Kendra semble particulièrement bien vu.

Les automobilistes prennent sûrement les alertes météo au sérieux car il n'y a pratiquement personne sur la route. J'arrive au tunnel en quarante minutes. Le temps que je tourne dans la trente-neuvième rue, il fait tellement sombre que j'ai allumé mes feux de croisement. Partout, le sol est jonché de journaux et de papiers de bonbon dispersés par le vent. Vu la tempête qui s'annonce, je redoute que le Platinum Coast soit fermé. Mais non, j'aperçois son néon rose toujours aussi vulgaire.

Je me gare (faites confiance à Jimmy et Ed pour investir dans une boîte située sur la seule rue de Manhattan où on trouve toujours de la place) et je marche jusqu'à la porte en miroir. A l'intérieur, mes yeux se tournent instinctivement vers la scène, mais aucune

Chapitre seize

danseuse ne s'y produit. De toute façon, le type le plus baraqué de la terre se matérialise devant moi en moins de deux secondes.
— Casse-toi, fiston !
Je lui décoche ce que j'espère être un regard Luca.
— Il faut que je voie Boaz.
Ça n'émeut pas le videur.
— Quand t'auras plus de boutons sur la gueule. Dégage !
— Pour info, je m'appelle Vince Luca.
La montagne de muscles se transforme illico en souris.
— Tu le trouveras au bar avec Rafe.
J'avance de quelques pas et me fige. Il y a deux types assis au bar, en grande conversation. Boaz a le type moyen-oriental, les cheveux bouclés et la peau mate. La raison pour laquelle je l'identifie est que je connais l'autre, le dénommé Rafe. D'habitude, je l'appelle Rafael. Vous vous rappelez le Johnny de mon unique match de foot ? Eh bien, Rafael est son père. Il se trouve aussi qu'il fait partie de l'équipe d'oncle Oncle. Oncle qui est lui-même sous les ordres d'oncle Rougeaud. Et tout ce beau monde sous ceux d'Anthony Luca.

La claque que je me prends me remonte le long de la colonne vertébrale jusqu'à la base du crâne avec des grésillements électriques. Le Platinum Coast, l'arnaque, C'EST UNE OPÉRATION LUCA !

Je prends mes jambes à mon cou et sors de là avant qu'aucun des deux n'ait le temps de me voir. J'ai l'impression d'avoir réellement été frappé tellement je suis groggy. J'ignore à quoi je m'attendais, mais pas à ça en tout cas. J'ai beau tourner et retourner le problème dans ma tête, j'en arrive toujours à la même conclusion : Jimmy et Ed sont toujours à la bourre pour rembourser Anthony Luca parce qu'ils se font pomper leur fric par le biais d'une arnaque parrainée par le même Luca. Vous parlez d'un truc insoluble !

J'ai déjà du mal avec les activités de mon père ! Il a été accusé d'un meurtre tristement célèbre, bon Dieu ! Mais ça, c'est le bouquet. Voler de l'argent à un type et être assez impitoyable pour lui envoyer des gros bras lui infliger des tortures abominables sous prétexte qu'il ne peut pas vous payer, c'est...

Des larmes ruissellent sur mes joues. Perdre Kendra n'a pas réussi à me faire pleurer, mais ça, oui. Je sanglote comme un bébé. La raison en est sans doute que je n'ai jamais considéré mon père comme quelqu'un de mauvais. Bien sûr, je savais qu'il était à l'origine de tas de délits, mais je n'ai jamais pensé qu'il puisse être aussi pourri. Avant aujourd'hui.

Je n'ai pas d'autre solution. Il faut que je rentre à la maison affronter mon père sur ce sujet. Je ne sais pas s'il en sortira quelque chose de positif, mais j'ai l'intention de hurler jusqu'à ce que je me fasse comprendre. Technique de communication Luca.

Mais d'abord je dois aller prévenir Jimmy et Ed de ne plus filer un dollar pour la mise en valeur et le renflouement du Platinum Coast. Ça risque d'être la

Chapitre seize

tâche la plus ardue dans la mesure où les deux crétins ont interdiction de m'approcher sous peine de représailles.

La pluie commence à tomber alors que je suis en route pour le Java Grotto. Ça fait tourner le compteur de ma mission encore plus vite. Si l'orage qui s'annonce est aussi violent que le dit la météo, j'ai intérêt à mettre la Mazda à l'abri avant que le déluge de Noé s'infiltre à l'intérieur par les fuites du toit ouvrant.

Pas de chance. Ed n'est pas dans les lieux. Même le téléphone spécial gonzesses a été abandonné par son opérateur.

– Écoutez, je dois absolument aller dans un bar qui s'appelle Retour à l'Envoyeur ! Vous le connaissez ? je demande à la barmaid.

La réponse est non. Les clients que je sollicite me gratifient d'un regard vide jusqu'à ce qu'un type, assis à une table à l'écart, me fasse signe d'approcher. Iroquoise, piercing sur la langue, écailles de poisson tatouées sur les bras et le cou. Une vraie photo de mode. Il m'indique comment me rendre au bar de Jimmy sur Norfolk Street et termine ses explications avec ce conseil :

– Vas-y avec un garde du corps.

En arrivant sur place, je comprends ce qu'il a voulu dire. Retour à l'Envoyeur est un demi-sous-sol. Cachot serait plus approprié. Les marches qui descendent dans les entrailles de New York sont tapissées d'éclats de verre. Ça sent un mélange de vomi et de cigarette.

Mon père est un parrain

Les mots gravés dans le bois de la porte pourraient vous envoyer plusieurs années en thérapie si quelqu'un vous les disait. Pas de fenêtre, pas de plaque, juste un bout de papier protégé par un morceau de cellophane douteux punaisé sur le mur et qui indique : CLUB PRIVÉ. La pluie qui redouble forme des flaques au milieu des ordures qui se trouvent à mes pieds. Je vois des éclairs déchirer le ciel à l'ouest, au-dessus du New Jersey.
Je pousse la porte massive et entre. Il y a très peu de clients aux tables miteuses : des motards, quelques punks et certains hobbits du *Seigneur des Anneaux* parmi les plus étranges.
Les affaires tournent au ralenti. Jimmy le Rat est au bar, un pied nu posé sur le comptoir, en train de se couper les ongles de pied au-dessus d'une tasse ébréchée sur laquelle il y a écrit : POURBOIRES. En me voyant, il disjoncte complètement.
– Bon sang, Vince. Fous le camp d'ici !
– Juste deux minutes, Jimmy. C'est tout.
Mais dès que j'avance, il se carapate. Il est obligé de sautiller de façon ridicule étant donné qu'il n'a qu'une chaussure au pied et que le sol est couvert de bris de verre ici aussi.
– Écoute-moi !
Il clopine tête baissée vers les toilettes. J'essaye de le suivre mais il me bloque la porte.
– Rien qu'une minute, Jimmy !

Chapitre seize

— T'as un truc à me dire qui vaut ma vie ? Parce que c'est le prix, je te signale !

Soudain, la porte s'ouvre en grand et je déboule à l'intérieur juste à temps pour le voir disparaître dans des W.-C.

— Parfait ! On va faire comme ça. Tu n'as pas besoin de me voir.

— J'écoute pas ! hurle-t-il, en se bouchant les oreilles.

Et dès que je me mets à parler, il entonne l'hymne national à pleins poumons.

C'est une expérience de type Cirque du Soleil. Je suis dans les chiottes d'un bar qui se trouve être lui-même un chiotte, ce qui nous fait du chiotte au carré. Je suis en train de hurler à la porte d'un W.-C. qui me répond avec *La Bannière étoilée* sur fond d'orage du siècle arrivant par l'ouest.

Je grimpe sur le lavabo pour apercevoir ce demeuré accroupi en train de chanter. Il refuse de me regarder, refuse de se taire, je n'ai plus qu'à lui faire mon laïus en hurlant au maximum :

— LE PLATINUM COAST NE RAPPORTERA JAMAIS UN ROND PARCE QUE CE N'EST PAS UNE VRAIE BOÎTE ! C'EST UNE ARNAQUE, JIMMY ! TOI ET ED, VOUS DEVEZ ARRÊTER DE PAYER BOAZ ! JE NE SAIS PAS SI JE VAIS POUVOIR ARRANGER LES CHOSES AVEC MON PÈRE, MAIS JE VAIS ESSAYER !

— Que notre bannière étoilée flotte encore...

Dehors éclate un coup de tonnerre retentissant. J'entends la pluie cingler l'unique fenêtre.

Mon père est un parrain

Je crie d'impuissance :
— Fais-moi au moins un signe de tête ou agite la main pour dire que tu as entendu ! Faut que je rentre ! Il y a un orage monstrueux qui se prépare !
Soudain, silence. Jimmy lève la tête.
— Avec des éclairs ?
Ma patience est à bout.
— Non, avec du ketchup ! Évidemment avec des éclairs ! Tout le monde ne parle que de ça ! Si tu sortais de temps à autre de ton égout, tu serais au courant !
Il me regarde, le visage animé d'une intense excitation.
— Pigé, Vince ! Mille mercis ! Je fais passer le message à Ed !
Je suppose évidemment qu'il parle du Platinum et non de mon bulletin météo.
Comment aurais-je pu deviner... ?

Le temps d'arriver à la maison, j'aurais conduit une décapotable que ce serait pareil. Je suis trempé jusqu'aux os et il y a dix centimètres de flotte dans la Mazda.
Maman envoie papa braver la tempête pour sortir une des Mercedes du garage afin de faire de la place pour ma voiture. En deux secondes, il est aussi mouillé que moi.
Mouillé ou sec, je suis révolté à la vue de mon père.

Chapitre seize

Le mot sort de ma bouche avant que j'aie le temps de me mordre la langue :
— Salaud !
Il se fige et on reste là à se regarder dans le blanc des yeux sous des trombes d'eau.
— Honnête Abe Luca ! Tu parles ! je crie.
Sa réponse est pondérée :
— Je ne pensais pas, en tant que père, avoir un jour à dire ça, mais j'espère que tu es saoul.
— Tu sais très bien qui plume Jimmy et Ed. Comme ça, ils ne peuvent pas te rembourser. Toi !
Ses yeux lancent des éclairs.
— Tu ne manques pas d'air !
— Je l'ai vu de mes yeux vu ! Un des associés de la boîte, c'est Rafael ! Le Rafael d'oncle Oncle ! Ce qui veut dire qu'il y a forcément un pourcentage de ce fric qui remonte jusqu'à toi !
Il est dans une colère que la pluie ne risque pas de calmer.
— Tu as une idée du nombre de types que j'ai sous mes ordres ? Tu voudrais peut-être que je fasse une note chaque fois qu'il y en a un qui va pisser ? Ce n'est pas comme ça que ça marche ! Ces gens doivent gagner leur vie. Et la façon dont ils le font ne regarde qu'eux, pas moi !
Moi aussi, je peux me mettre en colère.
— N'essaie pas de me faire croire que tu n'as pas cautionné ce truc !
— Si c'est Rafael et ses gars, alors c'est oncle Oncle

Mon père est un parrain

qui a donné le feu vert. Ou Rougeaud. Tu crois peut-être qu'on appelle le pape chaque fois qu'il y a des algues dans le fond du bénitier de Saint-Bart ?

— D'accord, dis-je d'un ton hargneux, en secouant la tête pour dégager les cheveux mouillés qui me tombent dans les yeux, tu ne savais pas. Mais, maintenant, tu sais. Alors qu'est-ce que tu comptes faire ?

Un éclair illumine son visage et me donne l'opportunité de voir ce qui fait si peur à tout le monde. Anthony Luca en colère fait ressembler l'orage du siècle à de la bruine.

— Ce que je fais ou pas n'est pas tes affaires ! rugit-il. Tu peux m'expliquer pourquoi je prendrais modèle sur un gamin archigâté qui méprise ce que je suis et la façon dont je gagne ma vie ? Oh là là, Vince n'approuve pas le Milieu, prévenez les médias !

— J'accepte ce que tu fais, je rétorque. Mais en ce qui concerne ce qui arrive à Jimmy et Ed, que ce soit illégal n'est pas le pire ! On ne vole pas un mec pour lui casser ensuite les deux jambes sous prétexte qu'il n'a plus un flèche. Il doit bien exister un code d'honneur, même chez des gens comme toi !

Ça le fait exploser.

— Pour quelqu'un qui ne veut surtout pas être mêlé à mes affaires, on dirait que tu y as fourré ton petit nez et pas qu'un peu ! J'ai des lieutenants qui y consacrent moins de temps que toi !

— Je croyais que tu voulais que je sois motivé, dis-je d'un ton acerbe.

Chapitre seize

Je lis une inquiétude sincère sur son visage.
— Qu'est-ce que je vais faire de toi, Vince ? Tu es comme du chiendent ! Je n'ai pas plutôt le dos tourné que tu as envahi un autre coin de la pelouse !

C'est à moi de répondre, mais je passe mon tour. Je me sens tout à coup vidé, trempé comme une soupe et épuisé par une journée qui a commencé il y a longtemps, très longtemps, sur une autre galaxie, loin, très loin d'ici, devant le casier de Kendra.

Vingt minutes plus tard, dans des vêtements secs, on se gave de côtelettes d'agneau en se faisant sermonner par maman.

— Une bonne grosse double pneumonie vous mettra « totalement hors service ».

D'où il nous écoute, l'agent Mords-Moi ne devinera jamais qu'on est à couteaux tirés, papa et moi. Il ne peut pas savoir que maman nous a assis chacun à un bout de la table et qu'elle patrouille dans la zone démilitarisée armée d'une fourchette.

C'est maintenant, au moment où je ne peux plus m'exprimer car les murs ont des oreilles, que je pense à ce que j'aurais dû dire à mon père dehors. On n'est pas dans le cas de figure de la dispute habituelle. C'est différent, cette fois. Une ligne a été franchie et je ne pourrai plus jamais le regarder tout à fait de la même façon.

17.

Le lendemain, je suis de nouveau au lycée aux aurores, attendant à l'entrée qu'un gardien vienne m'ouvrir.

C'est le même qu'hier.

— Vous n'avez donc pas de maison ? plaisante-t-il.

Pas de quoi se tordre de rire, mais affreusement proche de la réalité. J'ai une maison mais elle est en proie à la guerre froide. L'idée de rester chez moi à regarder papa en chien de faïence ne m'emballe pas vraiment.

Quand Alex déboule une heure plus tard, il me trouve debout sur une chaise en train de coller une grande affiche au mur. Je descends de mon perchoir pour lui permettre de voir ce qui est écrit :

ÉLISEZ VINCE & KENDRA
COUPLE ROYAL

Il n'a pas l'air de comprendre.

— Je ne pige pas

— Moi non plus, dis-je en soupirant. Mais Kendra est tout ce qui compte dans ma vie actuellement. Il faut que je la récupère.

Alex fait une drôle de tête, mais pas l'habituelle, celle qui exprime son dégoût pour tout ce qui touche à Kendra. Là, il y a autre chose. Une légère culpabilité peut-être ?

— Commence pas. Je sais bien que tu ne l'aimes pas.

— Mais si, je l'aime..., proteste-t-il.

— Alors, c'est nous deux que tu n'aimes pas. Écoute, Alex, je comprends. Je t'assure. Mais il faut que j'essaye d'attirer son attention, de l'approcher assez pour qu'un jour peut-être elle se rende compte que je ne suis pas mon père. (Je hausse les épaules d'un air accablé, et j'ajoute) Je vais faire d'autres affiches.

Sans un mot, Alex ouvre son casier qui jouxte le mien. Là, sous une paire de baskets de rechange, j'avise une rame de papier listing, que je reconnais instantanément. Toute une pile d'affiches Vince & Kendra écrites à l'ordinateur, comme celles que j'ai passé la moitié du semestre à arracher !

Je regarde Alex, mon copain depuis l'école élémentaire.

— C'était toi ?

Un haussement d'épaules, la mine honteuse. Un tout petit signe de tête.

— Pourquoi ?

Mais je connais la réponse. Il avait compté sur le fait que j'accuse Kendra, ce que j'ai fait. Et la moindre

Chapitre dix-sept

anicroche entre elle et moi est douce musique à ses oreilles.

— Je suis une tache, reconnaît-il, en rougissant. Tu crois que ça me plaît de ne pas pouvoir me réjouir pour mon meilleur pote ? Mais je souffre le martyre ! Je pense au sexe vingt-cinq heures sur vingt-quatre et je n'arrive même pas à dégotter une fille qui accepte de déjeuner avec moi. C'est vrai que j'en rigole mais, après, ça fait un mal de chien ! Surtout quand le fils de Tony Soprano est tellement irrésistible que même la fille du FBI veut absolument sortir avec lui, alors qu'il n'en a rien à battre !

Je lui décoche un regard noir.

— Ne me dis pas que tu as passé un coup de fil anonyme à l'agent Mords-Moi ? Histoire de parler de la pluie et du beau temps et de lui filer le nom du copain de sa fille ?

Il est sincèrement outré.

— Bon sang, Vince, ça, jamais !

C'est curieux, mais je le crois instantanément. Alex est un termite, pas un saboteur. Il ne dynamiterait pas ma relation, il se contenterait de la ronger en espérant que tout l'édifice tombe en ruine de lui-même.

— Je te mettrais bien un pain, mais je risque de me casser les doigts sur cet obélisque qui te sert de nez, je grommelle.

Il a l'air tout triste.

— Je ne dis pas que c'est bien, ce que j'ai fait.

— Qu'est-ce que tu dis, alors ?

227

— Je dis rien ! Sauf que je voudrais que tu m'excuses et que la vie craint.
— Je m'en suis rendu compte hier, j'approuve amèrement.
— Tu as gagné des affiches gratos ! ajoute-t-il.
Je ne peux pas rester fâché avec lui. Je n'ai jamais pu. On sort les affiches. Il y en a vingt et une.
— Assez pour nous faire élire président et première dame des États-Unis.
— Tu rigoles ? s'esclaffe Alex. Vous serez bons derniers.
— J'espère bien. De toute façon, il n'y a qu'une voix qui m'intéresse.

Kendra voit forcément les affiches, mais elle continue de faire comme si je n'existais pas. Je l'entr'aperçois plusieurs fois au cours de la journée (dans un couloir bondé, à la cafète) mais, dès qu'elle me voit, elle détourne les yeux.
Je ne force pas ma chance en tentant de lui parler. Le temps panse toutes les blessures.
— Dans deux mille ans, tout sera oublié, déclare Alex pour me réconforter.
— Tu me parais bien joyeux pour un type dont le hérisson en herbe est mort, dis-je, hargneux.
La grande nouvelle de la journée arrive via le cyberespace. A un moment donné cette nuit, en plein orage, *jaimemonchat.usa*, ce géant des sites web, a bouté *cyberpharaon.com* hors de la première place en totalisant le

Chapitre dix-sept

plus grand nombre de connexions de tous les projets du cours Nouveaux Médias. Notre entrée, à Alex et moi, dans la salle informatique est saluée par une salve d'applaudissements. Jusqu'à M. Mullinicks qui me donne une petite tape de félicitation sur l'épaule.

— Il a dû y avoir une méchante fête en tongs à la fourrière, je fulmine en démarrant un ordinateur.

Effectivement, mon site s'enorgueillit de plus d'un millier de connexions et « Marché Miaou » affiche deux cent soixante-treize annonces. Si *jaimemonchat.usa* reste en tête, j'obtiendrai automatiquement un A+++ en Nouveaux Médias. Et le plus drôle, c'est que je comprends bien moins ce qui se passe sur mon site qu'aucune matière dans toute ma scolarité.

Je fais défiler les messages qui m'ont propulsé à la première position.

— Bon sang ! Qui peut bien appeler un chat Conservateur Compatissant ? dis-je.

— On lui a peut-être donné le nom du cheval, propose Fiona.

Je tends l'oreille aussitôt.

— Il y a un cheval qui s'appelle Conservateur Compatissant ?

— C'était au journal télévisé hier soir. La pauvre bête s'est cassé une jambe au milieu d'une course et il a fallu l'abattre. C'était vraiment triste.

Aurait-on vraiment donné le nom du cheval à ce chat ? Je relis l'annonce :

Mon père est un parrain

Chat à vendre : Conservateur Compatissant.
Vous aurez un sixième sens concernant ce chat.
Un vrai champion dans toutes les fêtes,
y compris en tongs. 350 $ – T.C.

Juste après le cours, je fonce à la bibliothèque récupérer un exemplaire du *New York Post* dont je feuillette les pages sportives. Ça y est, j'y suis : un petit article à la suite du résultat des courses hippiques : « Tragédie hier dans la dernière ligne droite de la sixième à Saratoga ».
Je relève la tête, les sourcils froncés. J'ai l'impression tenace d'avoir déjà lu ça quelque part. Mais c'est impossible. Je n'ai pas parcouru les journaux aujourd'hui. Et même si je l'avais fait, je n'aurais sûrement pas consulté le résultat des courses... « sixième course à Saratoga »...

Vous aurez un sixième sens concernant ce chat.
Un vrai champion dans toutes les fêtes,
y compris en tongs...

Je pousse un gloups ! de surprise comme si je venais de tomber brutalement sur les fesses. Je m'attire des regards curieux, mais je m'en fiche. Je me sens dans la peau de Champollion déchiffrant la pierre de Rosette et transcrivant les hiéroglyphes une fois pour toutes.
« Tongs » : champ de courses de Saratoga.
« Sixième sens » : sixième course.
Ce n'est pas une annonce pour vendre un chat !

Chapitre dix-sept

C'est un pari sur un cheval placé par un certain T.C. ! 350 $ sur Conservateur Compatissant qui court dans la sixième à Saratoga. Un vrai champion doit vouloir dire qu'on joue le cheval gagnant.

Je me repasse mentalement les autres messages. Les mots « champion, placer, numéro » reviennent sans arrêt. « Ce chat est un vrai numéro, placer ce chat en tête de votre liste de choses à faire, ou chatte trouvée dans un Champion » ! Ensuite pour le pari couplé, c'est : « Je propose une double vente de chat. » Et pour deux chevaux gagnants : « Je vends très exactement deux de mes chats. » Kendra avait archi raison concernant l'importance des chiffres. Ils indiquent le montant du pari et le numéro de la course.

Et les noms ! Conservateur Compatissant, Cuppa Joe, Coloriez-Moi en Violet, Merci Mary, Rouge à Lèvres : je les retrouve tous sur la liste des chevaux qui courent.

Je passe la page au peigne fin. Je ne suis pas du genre à m'étonner d'un rien. Quand on a vu Jimmy le Rat en sang en ouvrant le coffre de sa voiture, on s'attend à peu près à tout. Mais plus je me penche sur la question et plus je me rends compte que « Marché Miaou » utilise un langage secret qui nécessiterait presque de recourir à un décodeur.

En faisant coïncider les chevaux du journal avec les annonces de mon site que j'ai imprimées sur papier, j'entreprends l'identification méticuleuse des champs de courses. Tongs, c'est pour Saratoga. Facile. Acteurs

Mon père est un parrain

fait référence à l'hippodrome d'Hollywood. De l'Or en Barre à celui du Golden Gate, Émeraude Brute à Emerald Downs. Et il me semble bien qu'Appel Solennel se rapporte à Solano. Tous les chats « bronzés » se révèlent courir à Sunland Park. Et écoutez ça : ceux qui font coin coin fréquentent l'hippodrome d'Aqueduct en référence à Donald Duck. Possible qu'il s'agisse d'une blague, mais j'ai le pressentiment que le parieur de base en sait moins que moi.

Mais je ne donne peut-être pas assez de crédit aux inventeurs, car certains noms de code sont plutôt futés. Tireurs d'Élite désigne le champ de course de Remington Park (un clin d'œil à la marque de fusils). Arlington International Raceway évoque tous ces chats qui se baladent dans les « cimetières » puisque Arlington est le cimetière national. Et mon préféré, Churchill Downs, est l'inspirateur de tous ces Premiers ministres félins. Dieu merci, j'ai trouvé la clef de l'énigme. A présent, je peux mourir.

Finalement, cette hérédité FBI a du bon. Les annonces sont bien ce que Kendra avait cru : des messages codés. Elle ne savait pas qu'ils concernaient des paris hippiques mais, pour le reste, elle a vu juste. Maligne comme un singe, ma Kendra. Dommage qu'elle ne soit plus *ma* Kendra.

Reste une inconnue. Qui est le destinataire de ces messages ? A qui profitent tous ces paris en ligne ? Je connais la réponse avant même d'avoir fini de me poser la question.

Chapitre dix-sept

Qui a montré un soudain intérêt pour Internet en général et *jaimemonchat.usa* en particulier ?
Tommy Luca.
Ça alors, c'est bien moi ! Je me réjouis que mon frère ait trouvé une occupation, et lui se sert de mon projet Nouveaux Médias pour le transformer en bureau de paris sur Internet.
Toujours la même histoire. Les distributeurs ont une fois de plus pris le contrôle de ce que je suis et de ce que je fais. Je suis prisonnier de ma vie.
Le pire dans tout ça, c'est que je ne peux rien faire pour y remédier. M. Mullinicks se contentera de me dire que c'est mon problème. Le proviseur préviendra probablement les flics. Reste papa, or papa est le patron de Tommy. Une part des bénéfices dégagés par l'opération finit dans sa poche. Je pourrais évidemment supprimer mon site de mon ordinateur. Mais je me ferais saquer en Nouveaux Médias et ça compromettrait définitivement mon entrée à la fac à l'automne prochain. Je suis piégé.
Il m'apparaît soudain que mes chances de reconquérir Kendra s'évanouissent. N'oubliez pas que je ne suis plus seulement usurier, mais bookmaker.
Je replie le journal. Le titre en une attire mon regard : UN ORAGE PROVOQUE DES DÉGÂTS CONSIDÉRABLES DANS DES ENTREPRISES DE LA RÉGION.
Je ne sais ce qui me pousse à le lire. Est-ce d'avoir eu à écoper ma Mazda hier soir qui me fait me sentir solidaire des victimes des intempéries ?

Plusieurs incendies provoqués par la foudre ont détruit trois commerces de Manhattan alors que de violents orages s'abattaient sur notre région hier soir. Retour à l'Envoyeur dans Norfolk Street, le Java Grotto sur West Broadway et le Platinum Coast dans la trente-neuvième rue ouest ont tous été ravagés par les flammes...

Je suis à deux doigts de laisser tomber mon sandwich entamé sur la moquette de la bibliothèque.

Le bar de Jimmy ! Le café d'Ed ! Le Platinum Coast !

J'ai l'impression que tout tangue dans la pièce et que je rebondis sur les murs. J'ignore de quoi il s'agit, mais je sais ce que ça n'est pas : une coïncidence ! La foudre frappe New York et les seuls commerces à être touchés sont ceux de Jimmy et Ed. Impossible !

Je me précipite à la cabine téléphonique. Il me faut une bonne minute pour introduire quarante-cinq cents dans la machine, le tarif d'un appel pour New York, c'est dire comme mes mains tremblent. Ça sonne dans le vide. Et là, ça fait tilt. Je n'ai que leur numéro de boulot. Si Retour à l'Envoyeur a été détruit par un incendie, il n'y a plus de téléphone.

Je m'aperçois avec désespoir que je ne peux plus joindre Jimmy et Ed. Aller en ville ne servirait à rien. Les deux bars ne sont plus que des ruines calcinées. Il n'y aura personne là-bas. Et je ne vois pas où les contacter ailleurs.

Je me torture les méninges. Qui saurait comment joindre Jimmy le Rat ? Sûrement pas une Miss Monde.

Chapitre dix-sept

Papa ? Et comment donc : c'est mon chouchou et je suis le sien... Oncle Surin ? mais il irait tout raconter à papa ! Ray ? Ah, voilà la bonne personne !
Je fais le numéro du Silver Club et le barman me passe Ray.
– J'ai besoin que tu me rendes un service. Est-ce que tu as le numéro de portable de Jimmy le Rat ?
– Tu es tombé sur la tête, Vince ? s'exclame Ray. Il n'y a pas un VRP dans toute la région qui ignore que ce mec ne doit pas t'approcher !
– Tu es au courant de ce qui s'est passé ?
– On m'a dit que vous vous étiez méchamment foutus sur la gueule en pleine mousson avec ton père. Ça me suffit comme info.
– Le bar de Jimmy a brûlé. Le café d'Ed Mishkin aussi. Et une boîte de strip-tease dans laquelle ils ont mis du fric.
– Qu'est-ce que ça peut te faire ?
– J'en sais rien ! Mais c'est important ! Il faut que j'aille jusqu'au bout !
Je l'entends soupirer.
– Tu sais pourquoi ton père t'a interdit de voir Jimmy et Ed ? Il ne veut pas que tu sois impliqué.
– Mais je le suis ! On ne peut pas l'être davantage ! Le FBI a des photos de moi avec ces deux caves ! On me prend pour un usurier ! Il me faut ce numéro !
S'ensuit un long silence à l'autre bout du fil, puis Ray dit :
– Si ça se retourne contre moi, je nierai.

— Je n'en parlerai à personne. Tu ne le regretteras pas, Ray. Tu es le meilleur.

Il me donne le numéro.

D'habitude, j'ai tellement de mal à joindre Jimmy que je n'en reviens pas qu'il réponde à la première sonnerie.

— Ne raccroche pas !

— Vince ? Attends une seconde. Je vais dans un endroit tranquille.

J'entends des voix et des bruits de pas, puis tout devient silencieux.

— Je suis dans les chiottes du Plaza. On se paye un gueuleton avec Ed pour fêter ça.

— Fêter ça ? Ton bar a été touché par la foudre !

— Exact, Vince. Je suis content que t'appelles. Ton conseil a marché au poil.

— Conseil ? Quel conseil ?

Il se marre.

— « Il y a un orage qui se prépare. » Pigé, Vince. On n'arrête pas de parler du temps. T'aurais vu le clown que la compagnie d'assurances m'a envoyé. Je lui aurais dit que j'avais la Joconde accrochée à côté du jeu de fléchettes, il m'aurait cru.

Maintenant que je sais la vérité, je ne veux pas en entendre davantage.

— Tu as mis le feu à ton bar pour toucher l'argent de l'assurance ?

— Bon sang, Vince. Comment tu causes d'un acte divin ?

Je me mets à hurler :

Chapitre dix-sept

– Tu as fait ça ! Tu as fait ça ! Et Ed aussi ! Et ensuite, vous vous êtes pointés au Platinum Coast !
— Là, c'est marrant mais c'est sûrement à cause de la foudre pour de vrai, précise Jimmy. On n'en demandait pas tant. Juste faire nos bars à nous, payer ce qu'on doit aux requins et repartir de zéro, comme t'as dit.
— Jimmy, je m'écrie d'une voix tremblante, quand j'ai annoncé qu'un orage se préparait, ça signifiait qu'un orage se préparait ! Je ne t'ai jamais conseillé de mettre le feu à ton bar !
— Bon, comme tu veux. Mais avec Ed, on t'adore. On n'oubliera jamais ce que t'as fait pour nous. Tu as le don, fiston. Comme ton vieux.

Je lui raccroche au nez. Cette dernière précision me fait plus mal que tout le reste. Pour moi, il n'y a pas pire insulte que de me reconnaître des talents pour le boulot de mon père. Je fais une remarque anodine sur le temps, et deux andouilles mettent le feu à leur gagne-pain.

Pour rien au monde, je ne voudrais être doué pour le Milieu. Ça implique d'être mafioso en premier, et humain en second. Il suffit de voir comment papa a défendu l'arnaque de Rafael, même devant moi, son propre fils. Et Tommy ! Quelle sorte de frère est-ce donc pour transformer un projet d'école en bureau de paris clandestin ? Seul Ray est un être humain. Et même avec lui, il a fallu que je me plaigne que le FBI me file pour qu'il me donne le numéro de Jimmy en dépit des ordres de papa.

A cette dernière pensée, une drôle de sensation m'envahit, comme si je devrais remarquer un truc, mais qu'il se trouvait juste en dehors de mon champ de vision.

Possible que ce soit ça : chaque fois que quelqu'un prononce le mot FBI devant mon père, Tommy ou les oncles, ils ont tous les poils qui se hérissent. Or quand j'ai annoncé à Ray que le FBI avait des photos de moi, il n'a rien dit. Je ne m'attendais pas à ce qu'il pique une crise. Ray n'est pas Tommy. Mais ne pouvait-il au moins me demander comment j'avais appris un truc pareil ? Je ne lui ai pas dit qui était le père de Kendra. D'ailleurs, il ne la connaît même pas. Il l'a entr'aperçue quelques secondes à l'autre bout d'une salle de restaurant bondée l'autre soir au Topsiders...

Juste avant que l'agent Mords-Moi sache pour elle et moi...

Ce qui suit est un flash d'une précision incroyable. Je me vois dans l'avenir et je me mêle à nouveau des affaires de mon père. Je n'ai pas le choix. Je possède deux informations que personne n'a :

1) Le FBI a effectivement introduit une taupe au sein de l'organisation Luca.

2) Cette taupe s'appelle Ray Francione.

Ray Francione habite un grand appartement dans un vieil immeuble de Forest Hills dans le Queens. Je n'y suis allé qu'une fois, le jour où Ray m'a emmené à New York assister à un concert des Limp Bizkit archicomplet pour lequel il avait réussi à obtenir deux places au premier rang ainsi que des passes backstage.

Ce souvenir d'un moment chaleureux – autant qu'il soit possible dans le secteur des distributeurs – fait naître en moi un curieux mélange d'émotions. J'ai un sentiment de trahison, bien sûr. Pendant des années, une personne que je considérais comme un ami a vécu dans le mensonge. Mais je ressens aussi une satisfaction revancharde. Combien de fois me suis-je demandé ce qu'un mec aussi bien que lui faisait dans le Milieu ? J'ai la réponse. Il n'en a jamais fait partie.

J'y vais tôt, histoire de ne pas le rater, et quand il m'ouvre il est encore en peignoir.

— Vince, entre donc. Tu es tombé du lit ce matin ? Ou bien t'as pas fini ta nuit ?

— J'ai pris mon jour déprime.
— Je continue de te chercher un nouveau portable, dit-il, mais il n'y a pas grand-chose. C'est la loi de l'offre et de la demande.
— Je n'en ai plus besoin. Kendra et moi, c'est fini. Mais je suppose que tu es déjà au courant.

Il cille.

— Quel dommage, fiston. Je ne savais pas.

Je continue à parler comme si de rien n'était :

— Tu le sais forcément puisque son père est ton patron. Alors quand tu as vu Kendra au Topsiders, tu t'es senti obligé de le mettre au parfum concernant le copain de sa fille.

Je dois lui reconnaître ça : il garde son sang-froid, comme toute taupe qui se respecte. Seuls ses yeux le trahissent. Sur le qui-vive, à l'affût du moindre de mes gestes, bien loin du « qu'est-ce que j'en ai à battre » affiché par la plupart des mafiosi, ce voile de léthargie qui dissimule une violence rentrée.

— Tu dis n'importe quoi, Vince. Je travaille pour ton vieux.

— Je t'en prie, pas ça. Je sais tout.

Il jette un coup d'œil vers la porte, craignant sans doute que Tommy ou un des oncles déboule dans l'appartement, un flingue à la main.

— Je suis tout seul. Personne ne sait.

— Ça doit rester entre nous, m'avoue-t-il, mais ton père m'a pris avec lui pour un truc spécial, débusquer la balance. On est quasi sûrs que c'est Mike Gras-

Chapitre dix-huit

Double Falusi de la bande d'oncle Rougeaud. Je te vois venir. Tu vas me dire : « Mike, c'est un sous-fifre. » Mais tu sais comme Rougeaud adore parler...
— Non.
— C'est forcément Mike.
Il est en train de perdre son sang-froid.
— Tu te rappelles quand il s'est fait pincer en Virginie pour une histoire de contrebande de clopes ? poursuit-il. Eh bien, il est resté deux jours avec les fédéraux. C'est là qu'ils ont dû le retourner.

Ça semble tellement logique que je me surprends à essayer de trouver un moyen de le croire. Non mais je suis idiot ou quoi ? J'ai la preuve sous le nez !
— Je sais que c'est toi, dis-je.

Et tout à coup, je vois le revolver dans sa main, pointé sur ma poitrine. J'ignore comment il est arrivé là, puisqu'il n'y était pas il y a une seconde.

Sans doute ai-je toujours su au fond de moi que je pouvais me retrouver dans cette situation. Si je continuais à mettre le bazar dans les affaires de mon père, je finirais un jour ou l'autre face à un flingue. Mais après avoir survécu aux Jimmy le Rat et autres Boaz de ce monde, je ne m'attendais pas à ce que ça vienne du seul type dans ce monde-là que je croyais être mon ami.

La décharge d'adrénaline s'échappe via mes extrémités, me laissant en proie à une peur moite et glacée. Ma voix tremble, et tout mon corps avec.
— Si tu dis la vérité, tu n'as rien à craindre.

— Les gens dans ma profession sont très chatouilleux au chapitre indics ! s'écrie-t-il. Je ne serais pas le premier à me faire buter au cas où ! Et après, quand je serai six pieds sous terre, on découvrira que c'était Mike. Oh, pardon ! Trop tard.
— Tu ne peux pas me tuer, Ray, dis-je lentement. Tu es du bon côté.
— Tu es en train de fourrer ton nez dans des affaires qui ne te regardent pas ! Et tu vas dérouiller !
— Pas de la main du FBI.
Je fais une prière muette et avance prudemment d'un pas.
— Je te préviens, j'appuie sur la détente. Je me fous qui est ton père.

A l'idée qu'un mouvement minuscule de son doigt pourrait mettre fin à ma vie, mon cerveau se court-circuite. Je ne sais plus si j'ai raison. Je ne retrouve plus aucun des éléments qui m'ont conduit à penser que Ray était du FBI. Je ne sais pas où je vais, mais je fais un autre pas. Pas par courage ni par instinct ni même par bêtise. Je suis poussé par une voix intérieure qui vient d'au-delà de mes tripes, et qui ne cesse de me répéter : « C'est Ray. Il ne te fera pas de mal. »

Et d'un coup, il abaisse son revolver.
— Trois ans, dit-il sans s'adresser à personne en particulier. Trois ans que je suis sur cette opération. Plus une année avec Cosimo avant ça. Et voilà qu'un gosse de dix-sept ans se pointe et...

Il fait un geste avec son arme, si inoffensif, si

Chapitre dix-huit

impuissant que l'arme pourrait aussi bien être une plume.

Le brusque relâchement de la tension me fait les jambes en coton. Je m'effondre dans un fauteuil en cuir. Jamais l'entraînement de foot ne m'a fait accélérer le rythme cardiaque à ce point. Ray se tient la tête entre les mains et personne ne dit mot pendant un bon moment.

Je brise enfin le silence :

— Avant, quand je pensais à toi, je me disais : « Ray est du Milieu et c'est quelqu'un de formidable. Peut-être qu'ils ne sont pas tous mauvais. » C'est ma plus grande désillusion dans toute cette affaire. Pas que tu sois du FBI, mais que mon idole mafieuse se révèle être un traître auquel papa et Tommy ne ressembleront jamais.

— Ton père est un homme remarquable, tranche Ray. Il insuffle pas mal d'intégrité dans un jeu dégueulasse. D'une certaine façon, ce sera vraiment dommage le jour où il tombera, car je te garantis que celui qui lui succédera sera bien pire.

— Papa ne tombera pas, Ray, dis-je doucement. C'est toi qui tombes. Tu ne cours aucun danger, mais tu es hors circuit désormais. Je ne sais pas ce que le FBI fera de toi, mais tu ne travailles plus pour les Luca.

Il s'agite, mal à l'aise.

— Tu n'es pas idiot. Tu devines comment vont réagir ton père, Tommy, Pampers. La protection des témoins, c'est bien... mais on peut difficilement m'envoyer sur une autre planète.

— Ne te bile pas. Je ne peux pas t'expliquer pourquoi mais papa ne cherchera pas à te retrouver. Voyant son regard interrogateur, j'ajoute : j'ai trouvé un moyen de pression.
— Tu ne m'en voudras pas si je ne te crois pas, marmonne-t-il. Il s'agit de ma vie.
— Je comprends. Mais je te le redis, tu n'as rien à craindre.
Il me considère avec un respect nouveau.
— On dirait que tu as grandi, non ?
Je secoue la tête.
— Je ne boxe pas dans ma catégorie et je ne trouve pas ça si mal finalement.
— Et si je te disais que toi aussi, on t'a fiché ? Ton portable venait de chez nous et toutes tes conversations ont été enregistrées. Tu tiens vraiment à aller en prison pour des délits commis par ta famille ?
— Impossible ! Si l'agent Mords-Moi avait des bandes sur moi, il aurait su pour sa fille il y a longtemps puisqu'elle est dessus. Et puis, tu ne me jouerais pas un tour pareil. Tu sais que je suis réglo.
— Tu n'as jamais envisagé de travailler pour le FBI ? Un type avec ton pedigree pourrait nettoyer la ville du crime organisé.
— Et de ma famille par la même occasion.
— Tu sais très bien que c'est le bon choix, insiste-t-il. Si tu n'avais pas adopté cette position, tu ferais le boulot de Tommy à l'heure qu'il est.
— Je sais. Mais je suis né de l'autre côté de la barrière.

Chapitre dix-huit

— Ça, c'est une excuse bidon. En tant que citoyen, en tant qu'être humain, tu as le devoir de...

Je lui coupe la parole :

— On est arrivés jusque-là sans encombre. Ne revenons pas en arrière. Et surtout pas à l'épisode du flingue. Mouiller mon falzar une fois par jour me suffit.

Il acquiesce sans joie, tout en regardant autour de lui.

— Ça me fait mal d'avoir à quitter cet appart. Le loyer n'est pas cher. Tu veux le reprendre ?

— Tu plaisantes ? Je suis en train de me chercher une fac très loin de ma famille, aussi loin qu'il soit possible avant de tomber de l'autre côté de la terre.

Il rit jaune.

— Dans ce cas, je te retrouverai peut-être là-bas.

Cette rencontre hypothétique qui, nous le savons tous deux, n'aura jamais lieu, nous rappelle à la réalité qui est que nous nous disons adieu.

— Avant de t'en aller, dis-je, réussissant à trouver les mots qui conviennent, tu peux me dire si c'est grave ? Les affaires de papa, je veux dire.

Son expression est solennelle.

— Que veux-tu que je te dise ? Qu'on a affaire à une bande d'adorables crapules ? Tu le sais mieux que moi. C'est grave sur toute la ligne.

— Des meurtres ?

— Parfois. Pas autant que dans les films.

— Et l'assassinat de Calabrese ? C'était papa, n'est-ce pas ? Comme tout le monde l'a dit.

245

— Non, pas Calabrese.

Je suis surpris.

— Comment tu en es si sûr ?

— Parce qu'on sait qui l'a commis. Et ce n'est pas lui.

Je n'en reviens pas.

— Pourquoi vous n'arrêtez pas ce mec, alors ?

Il desserre à peine les dents.

— Ça ne te plairait pas.

— Bien sûr que si ! je m'insurge. Commettre un meurtre est illégal pour tout le monde, pas seulement chez les Luca ! Tu as une idée de la pression que les flics ont exercée sur nous à cause de cette histoire ? Je ne peux même pas me couper les poils du nez sans que les fédéraux enregistrent les clic-clac des ciseaux ! Et dire que depuis tout ce temps vous connaissiez le nom du vrai tueur et que vous l'avez laissé en liberté !

Pour toute réponse, Ray se lève et va farfouiller dans un placard d'où il ressort une cassette audio marquée 19/11/93 au feutre. Il la glisse dans son lecteur et le met en marche.

La voix douce et glaçante que j'entends d'abord est celle d'oncle Pampers, roi des vocalises le week-end et exécuteur des basses œuvres. Il parle d'un certain Cel dont la disparition expose papa à des risques de la part de Calabrese et de ses sbires.

— Cel, c'est pour Celestino Puzzi, précise Ray. Un vrai mafieux de la vieille école. Il n'a jamais conduit une voiture de sa vie. N'a jamais eu le téléphone. Impossible de le coincer. Ton père et Calabrese travaillaient pour lui.

Chapitre dix-huit

Je hoche la tête lentement, m'imprégnant de chaque mot. Je comprends que je suis en train d'écouter les tractations véridiques du saint des saints de l'organisation de mon père, des choses que même Tommy ignore. C'est la décision ultime : qui doit vivre et qui doit mourir. Je suis horrifié et fasciné à la fois, forcé d'écouter comme lorsqu'on reste médusé devant un accident de voiture. J'essaye d'imaginer Vince et Alex à neuf ans, encore persuadés que les filles sont immondes et que Michael Jordan est un dieu, en train de faire des paniers dans l'allée du jardin pendant que se tient cette réunion fatale.

D'après Pampers, tant que Calabrese « bouffe de l'espace », personne n'aura la paix. Oncle Gros Tarin qui espionnait pour le compte de papa chez les gars de Calabrese confirme qu'ils sont prêts à passer à l'offensive contre lui. « Il faut le faire maintenant, conclut oncle Pampers, t'as qu'un mot à dire et y a plus de problème. »

J'avais raison. C'était oncle Pampers. Mais cette révélation ne m'apporte aucune satisfaction parce que, retenant mon souffle pendant un silence sur la bande lourd de signification, j'attends l'ordre qu'Anthony Luca va donner.

Et il arrive. Mais ça n'est pas papa qui donne le feu vert à l'exécution mafieuse la plus célèbre de ces dix dernières années. Pourtant je reconnais la voix instantanément.

C'est ma mère !

« Il ne touchera pas à ma famille ! s'écrie-t-elle avec fougue. Pampers, je veux que ce fils de pute soit totalement hors... »
Et là, j'entends un bip sonore, suivi des accords d'une guitare acoustique et quelqu'un qui chante :

Si j'avais un marteau,
Je cognerais le jour,
Je cognerais la nuit,
J'y mettrais tout mon cœur...

Je me fige. La voix est un peu plus haut perchée, un peu plus jeune que maintenant, mais c'est celle de Kendra !
Il y a huit ans, l'agent Mords-Moi a laissé cette cassette sur un plan de travail ou une table basse et sa fille a enregistré du karaoké dessus ! Je revois Kendra me dire que son père se faisait un devoir de ne jamais rapporter du travail à la maison, depuis que des preuves avaient été détruites. Des preuves ! Tu parles de preuves !
— Tu en veux sans doute à Kendra de t'avoir larguer, dit Ray gentiment, mais tu lui dois bien plus que tu ne peux l'imaginer. Si cette chanson était intervenue dix secondes plus tard dans la conversation, tu rendrais visite à ta mère en taule.
— Maman, je murmure tout bas.
L'ordre de tuer Mario Calabrese venait de la reine des lasagnes !

Chapitre dix-huit

— S'il y a bien une personne dont j'étais sûr qu'elle n'avait rien à voir avec...
— Elle a protégé sa famille, argumente Ray. L'alternative, c'était d'être veuve avec des orphelins. Calabrese avait déjà donné le contrat à un de ses gars.
— Papa sait ?
Il hoche la tête.
— Pour Pampers, oui. Mais pas pour ta mère. Il sait aussi que si ça n'était pas arrivé, il serait mort. Depuis, il n'a plus jamais été indécis. C'est la raison pour laquelle, quand il t'a interdit d'approcher Jimmy et Ed, il n'y est pas allé de main morte. Tout le monde l'a écouté. (Il laisse échapper un rire amer.) Tout le monde sauf toi, évidemment. (Il fait sortir la cassette du lecteur et me la lance.) Garde-la. Il paraît que tu es un fan de karaoké.
Je me lève.
— Je sais que, vu les circonstances, ça ne veut pas dire grand-chose, mais je suis content de savoir que tu ne trempes pas là-dedans.
— Ça veut dire beaucoup, dit-il en m'ébouriffant les cheveux. Fais attention à toi, fiston. Tu vas me manquer.

19

Je donne quarante-huit heures à Ray pour quitter la ville. Il lui en faut moitié moins. J'appelle le lendemain pour m'assurer que tout est en ordre mais la ligne n'est déjà plus attribuée. Je suppose que le FBI excelle dans ce domaine : faire disparaître les gens.

C'est drôle, j'ai beau être celui qui l'a obligé à partir, je m'attends vraiment à entendre sa voix, ne serait-ce que pour me dire qu'il a fini ses valises et que son avion décolle à huit heures. C'était comme un grand frère pour moi ces dernières années, plus que Tommy. Je me berce de l'illusion que nos chemins pourraient à nouveau se croiser, mais au fond je sais que ça n'arrivera jamais. Pas tant qu'il est sous le coup du programme de protection des témoins, et que je m'appelle Luca.

J'entends un grand bang suivi de jurons étouffés. La cave. Il est sept heures du matin, et Anthony Luca, ébéniste de génie, ressent le besoin de s'exprimer par son art. J'envisage une seconde l'option lâche qui consisterait à filer au lycée sans lui parler. Soupir. Non, la confrontation est inévitable. Il finira bien par s'apercevoir de la disparition de Ray. Et de toute façon, il se trouve à l'endroit idéal pour une conversation.

Dans l'escalier, j'aperçois le projet du jour : une bibliothèque. Et à ma grande surprise, elle ressemble à une bibliothèque.

Papa lève à peine les yeux de son travail qui consiste à arracher des clous tordus dans le panneau du fond.

— Vince, grogne-t-il pour attester de ma présence.

La guerre froide fait toujours rage à la maison.

— Bonjour, papa.

Je pose la main sur le côté de la bibliothèque. Ça peut passer pour un geste anodin, mais ce que je cherche à faire en réalité, c'est à savoir si elle bringuebale sur le sol. Elle est parfaitement stable.

Je ne saurais l'expliquer, mais l'idée que mon père ait finalement réussi à fabriquer un meuble correct me donne curieusement la force de l'affronter. Presque comme si le fait qu'il ne soit pas totalement perdu pour l'ébénisterie le rendait amendable en tant que mafioso.

Le raisonnement est ridicule. Évidemment qu'il ne peut pas s'amender. C'est le propre du Milieu. C'est tellement plus facile que de vivre dans la légalité. On gagne plus d'argent, on travaille moins, les voitures sont sublimes et les avantages en nature (mes pensées vagabondent du côté de Cece) incroyables. Mais une

Chapitre dix-neuf

fois qu'on a ouvert la porte à la corruption, on renonce à soi-même.

Pourquoi tirer le diable par la queue avec un salaire de misère quand il n'y a qu'à se baisser pour ramasser des tonnes de fric ? Pourquoi poireauter quand on peut doubler tous les ploucs et se faire donner la meilleure table dans un restaurant ? Croyez-en un mec qui a échangé sa Porsche contre une Mazda dont le toit ouvrant fuit. C'est dur. Dès le premier avantage en nature pris, dès le premier paquet de blé dépensé, vous êtes cuit.

Et vous n'êtes pas seul concerné, votre entourage aussi. Mon père est un des plus importants parrains de New York et il n'a pas réussi à me tenir à l'écart de son boulot. A l'idée que ma mère, la personne la plus rigoriste du monde, a donné l'ordre d'exécuter Mario Calabrese...

Oui, je comprends pourquoi elle l'a fait. Si Ray dit vrai, j'en suis même content. Mais il s'agit de ma mère, bon sang ! Ça prouve bien qu'avec le Milieu, on ne peut pas choisir à la carte. Quand on est dedans, on y est de A jusqu'à Z.

J'ai bien conscience que ça signifie que la corruption me touche aussi puisque chaque dollar dépensé pour moi est de l'argent sale. Mais j'ai bien l'intention de profiter d'un dernier avantage de cette corruption. Je parle de ce A+++ en Nouveaux Médias que je ne mérite pas et que j'obtiens uniquement grâce aux paris clandestins de Tommy sur Internet. Je vais me servir de cette note pour me faire admettre dans la fac la plus éloignée d'ici, qui sait même à l'étranger. C'est pour moi la seule façon de me dégager définitivement des distributeurs.

— Tu as une seconde, papa ?

Il me décoche un regard noir.

— Tu as intérêt à ce que ça n'ait rien à voir avec Jimmy le Rat et Ed Mishkin.

— Je te le promets, dis-je, sachant qu'il appréciera encore moins le nouveau sujet.

Il s'assoit sur une chaise bancale et me fait signe d'en faire autant.

— Je te signale que je n'avais jamais entendu parler d'Ed Mishkin avant toute cette affaire. Et maintenant il me poursuit même dans mes rêves, grogne-t-il.

En le voyant s'asseoir, j'ai comme un choc. Il a des gestes hésitants, presque des gestes de vieux. Je cligne des yeux. Anthony Luca n'est plus le jeune homme qu'il était ! Je suis envahi d'un sentiment bizarre de reconnaissance mêlée de soulagement en pensant qu'il a maman pour s'occuper de lui. Puis je me rappelle avec un frisson jusqu'où elle est capable d'aller pour s'occuper de sa famille.

Faut-il que je dise à papa qui a donné l'ordre d'exécuter Calabrese ? Comment réagirait-il ? Bien qu'il soit vraiment cool, ce serait sûrement un choc. Si on était chez les Soprano, il se contenterait de dire avec un sourire fier : « Et en plus, elle fait la cuisine ! » et ça serait un de ces moments de télé géniaux, pleins de dérision, drô-

Chapitre dix-neuf

les et terribles à la fois. Mais même aux yeux d'un parrain de la Mafia, la télévision ne ressemble pas à la vraie vie. La pilule serait dure à avaler. Depuis que je connais la vérité, je ne peux chasser de mon esprit cette image de maman qui me donne le vertige : elle en train de retirer son tablier à fleurs le temps de donner l'ordre de liquider Calabrese à oncle Pampers et qui retourne ensuite à ses fourneaux pour nous mitonner un bon petit dîner.

Non, cette entrevue a un but et le mieux est d'y aller tout droit.

– Papa, la taupe dans ton organisation, c'est Ray.

Il relève la tête tellement vite que toute personne normalement constituée serait victime d'un traumatisme cervical.

– Quoi ? (Puis, un peu moins sûr de lui :) Comment tu sais ça ?

– Premièrement, parce qu'il me l'a avoué.

Il se lève et, cette fois, sans le moindre signe de raideur.

– Tu as une idée de la merde que tu es en train de foutre ? Si tu as tort...

– J'ai raison.

– Mais si tu as tort, ce que tu viens de dire ne peut pas être retiré ! Tu comprends ce que ça implique maintenant ?

C'est très impressionnant de voir quelqu'un d'aussi puissant pris de court.

– Bon sang... Ray ! Jamais je n'aurais pensé... Il y a sûrement un moyen de vérifier si c'est bien lui.

— Alors, tu pourrais le tuer ? dis-je.
— Alors je pourrais faire ce qui s'impose pour protéger Distributeurs Frères et ça ne te regarde pas !
— Tu n'auras rien à faire du tout. Je m'en suis occupé.

Il me fixe avec des yeux ronds, et je réalise soudain que, dans cette situation, « s'en occuper » a un sens bien particulier.

— Non ! je m'écrie. Il est parti. Il est dans le programme de protection des témoins du FBI.

Il est fou de rage.

— Tu l'as tuyauté ?
— On a conclu un marché. Il se barre et ça s'arrête là. Tu ne lui cours pas après.
— Ce n'est pas à toi de conclure un marché ! tempête-t-il. Et Ray le sait mieux que quiconque !
— L'échange est équitable. Tu es libéré d'une menace énorme et lui n'est pas inquiété.
— Qui a dit que la vie était équitable ? Qu'est-ce que tu connais de la vie ? Cause et effet. Tu rencardes le FBI, tu payes. Ton marché n'y changera rien. Tu veux conclure un marché avec Ray qui stipule qu'il saute d'un pont et atterrisse sur ses deux pieds ? Parfait ! Mais la gravité n'honorera pas ton engagement et moi non plus !
— Il se trouve que tu vas y être obligé, dis-je.

Il me décoche un regard Luca puissance mille.

— Qu'est-ce qui s'est passé ? J'ai cassé ma pipe et c'est toi qui as repris les rênes ?

S'il ne met pas fin à son regard, je crois bien que

Chapitre dix-neuf

je vais me désagréger, mais je parviens néanmoins à dire ce que j'ai à dire :
— Tommy s'est servi de mon site web pour faire un bureau de paris hippiques sur Internet. Ça peut l'envoyer en taule.
— Tu as donné des preuves à Ray ?
Je suis insulté.
— Bien sûr que non. Mais s'il arrive quelque chose à Ray, une disquette part au FBI. Et ce n'est pas la peine de retourner ma chambre ou mon casier du lycée, elle n'est pas dedans.

Les digues cèdent et toute la puissance de sa colère se déchaîne. Il ne me reste qu'à m'accrocher à ma chaise boiteuse en attendant qu'il cesse de m'agonir de tous les noms d'oiseaux. Dans sa fureur, il a sûrement perdu tout sentiment paternel à mon égard. A cet instant précis, je pourrais être n'importe quel cave qui l'a contrarié et ma mère est le seul rempart qui me sépare d'une décharge de Staten Island. Possible que pour certains, cette tirade soit les derniers mots qu'ils aient entendus de leur vie.

C'est incroyable, mais une pensée calculatrice, quasi à la papa, fait irruption dans ma détresse alors que je suis toujours sous le feu de ses attaques : « C'est le pire qu'il puisse me sortir. » Et son corollaire, d'une clarté étonnante : « Je dois lui rendre la pareille. »

Alors je le fais le plus platement possible.
— J'ai des preuves et pas toi. Ce sont tes propres mots : « cause et effet » — la vie de Ray, la disquette.

Je peux sentir la chaleur qui se dégage de son visage congestionné.

— Tu donnerais ton frère aux flics ?

C'est une question à laquelle je m'étais préparé.

— Écoute, papa, les paris sur Internet, c'est Tommy mais le site web est à mon nom. Par conséquent, tu n'auras pas un fils en taule, mais deux. Te bile pas, je suis sûr qu'on s'en sortira très bien au trou. Après tout, les mecs comme toi n'ont pas beaucoup d'ennemis.

Ça le laisse sans voix. Une première !

— Pour moi Ray était aussi un frère, j'ajoute.

— Ray est un moins que rien ! crache-t-il. Et toi, un imbécile. C'est impossible de garder des preuves, même quand on pense être le seul à savoir ! Qu'est-ce que tu dirais si cette disquette tombait entre de mauvaises mains ?

— Ça n'arrivera pas, je lui promets, en repensant à ma cachette secrète.

Hier soir, quand tout le monde dormait, j'ai enroulé la disquette trois fois dans du plastique et je l'ai collée sous le toit goudronné du garage. Je précise que le toit de la maison est censé durer vingt ans, or il n'en a que sept pour l'instant. Par conséquent, à l'époque où il faudra le changer, les sept ans requis pour que les délits de Tommy soient prescrits seront écoulés depuis longtemps. Si le toit tombait et si l'agent Mords-Moi en personne trouvait la disquette dans les gravats, elle ne lui servirait à rien.

Chapitre dix-neuf

— J'ai fait en sorte que tout le monde y trouve son compte et que personne n'ait à en pâtir.
Papa pousse un grognement de colère.
— Non mais écoutez-moi ce roi Salomon qui règle les problèmes et fait la justice. Tu te prends pour qui ? hurle-t-il.
— Quand on a fait ce que tu as fait à Jimmy et Ed, on n'a pas le droit de parler de justice !
Son poing s'abat sur la bibliothèque qui, miraculeusement, reste entière.
— Jimmy et Ed ! Mon sujet favori ! Pour ton information, Votre Majesté, sache qu'ils sont peinards. Ce qui est une bonne chose !
— Oui, mais question justice, ça ne règle rien. Rafael et ce Boaz de malheur les ont plumés à mort, ainsi que des tas d'autres gens. Et eux récupèrent l'argent de l'assurance, comme Jimmy et Ed, je hurle à mon tour.
Mon père me décoche un sourire supérieur.
— Ah, tu crois ça ? Il se trouve que ces deux-là ont vendu sept cents pour cent du Platinum, or ils ne touchent l'assurance que pour cent pour cent ! Ils sont déjà venus m'emprunter du fric pour rembourser des tas de gens mécontents.
Je suis perdu.
— Mais alors pourquoi ont-ils mis le feu au Platinum ?
— Possible que ce ne soit pas eux, suggère-t-il, pince-sans-rire.
Voyant que je ne pige pas, il ajoute :

— Possible qu'il y ait plus d'un roi Salomon dans cette famille.

Tout s'éclaire. Voilà ce qui est arrivé au Platinum Coast ! Jimmy et Ed ont mis le feu à leurs bars respectifs, mais l'incendie du Platinum est signé de la main d'Anthony Luca. Grâce au sinistre, ceux qui ont investi dans la boîte sont rentrés dans leurs fonds. Quant à Rafael et Boaz, ils ont été pris à leur propre piège. C'est la solution parfaite. La seule. Et papa l'a trouvée, comme toujours.

Il me regarde d'un air appréciateur, et une ébauche de sourire remplace un peu de sa colère.

— J'hésite entre te mettre à la porte et t'embaucher. Jusqu'ici, j'ai toujours pensé que ta situation de privilégié t'avait rendu mollasson, sans but, sans motivation, juste profiter, profiter, profiter. Je me suis trompé, Vince. Je n'apprécie pas ce que tu as fait, mais je dois reconnaître que tu es motivé.

— Je ne peux pas travailler pour toi. Tu le sais bien.

— Dommage, dit-il. Regarde ce que tu as réussi à faire en quelques mois. Découvrir que Tommy faisait le bookmaker sur ton ordinateur, remettre Jimmy et Ed sur pied, démonter l'arnaque du Platinum Coast, démasquer une taupe juste sous mon nez. Des millions de types rêvent d'être dans le Milieu. Mais trouver des gars intelligents, c'est autre chose.

— J'ai surtout eu de la chance, dis-je en haussant les épaules d'un air gêné. De la malchance plutôt. Je n'ai jamais dit à Jimmy et à Ed de mettre le feu à leurs bars.

Chapitre dix-neuf

— Aucune importance.

Mon père va à son bureau prendre une grosse enveloppe.

— Ta part d'avance, dit-il.

— Ma part ?

— L'assurance rembourse Jimmy et Ed, Jimmy et Ed me remboursent. Puisque c'est toi qui t'es occupé d'eux, tu as droit à une part. D'habitude, j'attends d'avoir le fric en main, mais comme je sais où tu habites...

— Je ne peux pas accepter !

Il lève les yeux au ciel.

— Très bien. Ça ira sur ton plan d'épargne études. Voyant mon air ahuri, il ajoute, sarcastique : Eh oui, tu as un plan d'épargne fac, petit malin, comme les gens normaux ! On ne va pas se pointer à Harvard avec une valise pleine de louis d'or.

Il agite l'enveloppe sous mon nez.

— Tu es sûr de ne pas avoir l'usage d'un peu de cet argent avant que je le mette à la banque ?

— Je n'y toucherai pas.

— Tu y as déjà touché ! crie-t-il en farfouillant dans un tiroir à la recherche d'un papier qu'il me met sous le nez.

Je regarde. C'est un relevé du Banco Comercial de Tijuana concernant ma carte de crédit pour les cas d'urgence.

Et qu'est-ce que je vois ? Mes six cents dollars retirés en espèces (cinq mille quatre cents pesos) entourés rageusement en rouge.

Je n'en reviens pas. Depuis que j'ai cette carte, pas une fois il ne m'est venu à l'esprit qu'elle puisse être légale. J'ai toujours cru qu'elle était comme ma Porsche. Traitez-moi de dingue, mais ça me réchauffe le cœur de savoir que papa s'inquiète assez pour me fournir une carte de crédit qui ne soit pas volée. Dans ma famille, le recel est une pratique tellement courante que si on achète quelque chose avec de l'argent comme tout le monde, c'est quasi un moment à marquer d'une pierre blanche. Ça montre l'attention qu'on vous porte.

— Pardon, papa. J'allais vraiment te rembourser. C'est juste que j'ai été un peu… distrait ces temps-ci.

— Je sais. A me faire tourner en bourrique.

— Prends-les sur ma… euh… part. Puis j'ajoute en fronçant les sourcils : il y a une chose que je ne comprends pas. Pourquoi Tijuana ?

— J'ai des parts dans la banque.

Je le regarde avec des yeux écarquillés.

— Ah, bon ?

— Je ne porte peut-être pas de costumes chic, mais je suis autant homme d'affaires que ces nases de Wall Street. Un type s'est retrouvé Gros-Jean comme devant quand ses partenaires l'ont planté. Il n'avait pas d'argent, j'ai pris ses parts dans la banque. Ça arrive tout le temps. (Il ajoute avec un petit sourire narquois :) Dis à Jimmy et Ed que je fais une croix sur les six cents dollars.

Je dois avoir la mâchoire qui se décroche, parce qu'il poursuit :

Chapitre dix-neuf

— Réfléchis, Vince. Pour quelle autre raison aurais-tu eu besoin de ces six cents dollars ? Tu es malin et tu le deviens chaque jour davantage. Mais j'aimerais que tu reconnaisses que tu ne m'as pas encore dépassé sur ce plan-là.

Soudain, je sais exactement ce que Barry Bonds, le champion de base-ball, doit ressentir quand on lui lance directement une balle rapide.

— D'accord, papa, j'approuve immédiatement. Je ferais mieux de partir au lycée. Il faut que je retrouve la fille de l'agent Mords-Moi pour la convaincre qu'on se remette ensemble. Ça fait deux mois qu'on sort ensemble... mais un type malin comme toi est forcément au courant.

Ma sortie est tellement parfaite que je ne m'éternise pas pour jouir de la tête qu'il fait.

20

Tal Obodiac et Astrid Martin sont élus roi et reine de la fête de fin d'année 2002 de Jefferson High. Tous les deux blonds, tous les deux les yeux bleus. Elle est pom-pom girl et lui joue au foot. On pourrait les intervertir avec n'importe quels autres roi et reine de n'importe quel lycée, on n'y verrait que du feu.

Alex qui connaît quelqu'un au comité enquête pour moi sur les coulisses du vote.

— Trois voix, m'annonce-t-il.

Je suis aussi impressionné qu'épouvanté.

— On n'a perdu que de ça ?

— C'est tout ce que vous avez eu. Trois voix.

— Oh, euh... Super.

— Si tu prends le gars bizarre qui court avec son cocker, il en a obtenu quarante.

Je lui lance un regard torve.

— Et je parie qu'il faut te compter dedans.

Il le prend très mal.

— Je suis un ver de terre, Vince, pas un traître. En plus, tu n'as qu'à compter. Trois voix. Toi, moi et...

Je secoue la tête.
— Impossible. Pas Kendra. Elle ne mettra jamais une croix en face de mon nom sauf si c'est pour m'envoyer à la chaise électrique.
— Dis, tu crois que c'est facile d'être votre supporter ? Le moins que vous pourriez faire, c'est de vous remettre ensemble.
— Parce que c'est tes histoires d'amour, c'est ça ?
— Non, dit-il sérieusement. Si toi tu arrives à faire croire à la fille d'un agent du FBI que les photos de son père sont bidon, c'est de bon augure pour le maître ès bobards que je suis et qui t'a tout appris.

Apparemment, Galilée s'est trompé. Tout tourne autour d'Alex Tarkanian.

Je ne trouve Kendra nulle part. Pas même à la cafète au déjeuner. Je me demande si elle n'aurait pas appris qu'on était classés bons derniers à l'élection de fin d'année et se serait esquivée. On ne comptait pas gagner (et dans le contexte de notre rupture, la dernière chose dont elle rêverait, c'est de se retrouver ma « reine consort »). Cependant, se faire confirmer publiquement par un vote à l'échelle du lycée qu'on ne fait pas partie du gotha, ça fait mal. Je le sais pour l'avoir éprouvé.

Possible qu'aux yeux de mes pairs, je ne vaille pas un clou, mais en Nouveaux Médias au moins, on me considère comme l'architecte du site suprême. Je passe le cours à concocter un message d'avertissement qui apparaîtra sur *jaimemonchat.usa* chaque fois qu'un internaute essaiera d'entrer dans « Marché Miaou » :

Chapitre vingt

En raison de son succès, Marché Miaou ne prend plus d'annonces. Entrez les cinq chiffres de votre code postal et cliquez sur le lien en dessous pour visiter le site du centre de SPA le plus proche de chez vous.

Voyons un peu ce que Tommy dira de ça.
M. Mullinicks n'est pas d'accord.
– C'est une mauvaise idée, Vince. « Marché Miaou » est l'entité qui marche le mieux de tous les sites de la classe. Sans elle, il ne vous reste pratiquement rien.
– C'est le problème, dis-je. Et si je déviais le flot vers le réseau des Amis des Chats ?
– Ça réduirait considérablement votre trafic. Comment vais-je pouvoir calculer votre note en fonction de connexions que vous auriez obtenues si vous n'aviez pas fait ce geste malheureux ?
J'attends cette question depuis un semestre.
– Avec tout le respect que je vous dois, monsieur Mullinicks, c'est votre problème.
Je commence à caresser l'idée d'appeler Kendra une fois rentré à la maison. L'appel sera enregistré par son père mais, au point où on en est, qu'est-ce que ça peut faire ? C'est l'avantage quand on a touché le fond : la situation peut difficilement empirer.
Aussi, quelle n'est pas ma surprise en débouchant dans le hall de la trouver qui m'attend devant mon casier, belle et intimidante. Et en plus à moi.
Devant son silence, je fais un premier essai prudent :

— On a perdu.
— Je sais. De beaucoup ?
Je secoue la tête.
— On n'a eu que trois voix.
Elle encaisse le coup. Ça n'a pas l'air de l'affecter outre mesure.
— J'ai voté pour nous et je crois qu'Alex l'a fait, par pitié. Je ne sais pas qui est le troisième.
— Moi.
Je la regarde fixement.
— Ray est passé à la maison avant... de partir. Il m'a expliqué que tu voulais juste aider ces types. Et aussi que tu l'avais protégé. Je te demande pardon de ne pas t'avoir cru.

Mon cœur s'envole. J'ai fait beaucoup d'erreurs ces derniers mois. Mais j'avais méchamment raison en ce qui concerne Ray. Je lui ai fichu en l'air un boulot d'infiltration de quatre ans, ce qui lui vaut d'être banni je ne sais où dans le cadre du programme de protection des témoins, et il prend quand même le temps d'aller voir ma copine pour arranger les choses avant de disparaître, par ma faute. Si ça, c'est une taupe, je vais élire domicile sous terre.

— Je veux qu'on se remette ensemble, est tout ce que je trouve à dire.

— Moi aussi, répond-elle de sa voix rauque de chanteuse, cette même voix qui a laissé maman dans sa cuisine et le crime de Calabrese impuni.

On est dans les bras l'un de l'autre. Nous, les per-

Chapitre vingt

dants des élections de fin d'année, nous donnons en spectacle à la sortie des cours, au moment où il y a le plus de monde. Nous, le couple le plus improbable (prince de la Mafia et princesse du FBI), sommes en plein cliché : la classique scène de réconciliation devant les casiers. A l'autre bout du hall, franchissant les portes, j'aperçois Alex qui me fait le V de la victoire.

Kendra prend conscience des dizaines de regards posés sur nous et essaie de se dégager en se tortillant.

Je ne la laisse pas faire.

— Ils n'ont pas voté pour nous. Qu'ils aillent se faire voir, je chuchote.

Elle rit et se love à nouveau contre moi.

— Ton père prend ça comment ? je demande.

— Très mal. Et toi, ta famille ? Ils sont au courant ?

— J'ai lâché le morceau à mon père, mais je ne suis pas resté pour la troisième mi-temps. On va avoir la vie dure, toi et moi.

Elle me regarde dans les yeux et soupire.

— Comment ils ont fait, Roméo et Juliette ?

— Ils sont morts, je lui rappelle gentiment. Un micmac avec du poison...

Elle m'interrompt :

— Oui, mais s'ils avaient vécu ?

Je réfléchis à la question.

— Je suppose qu'ils auraient fait comme nous. Ils seraient restés cool et ils auraient soigneusement évité de réunir leurs parents pour se serrer la pince.

Gordon Korman est né à Montréal, au Canada, en 1963.

Il a commencé à écrire dès l'âge de douze ans et depuis il n'a pas cessé! Il a publié aux États-Unis plus de quarante romans, dont certains ont été récompensés. Aujourd'hui, il partage son temps entre New York, Toronto et la Floride.

Loi n° 49-956
du 16 juillet 1949
sur les publications
destinées à la jeunesse
PAO : Françoise Pham
Imprimé en France
par CPI Firmin Didot
Premier dépôt légal : mars 2005
Dépôt légal : avril 2009
N° d'édition : 169191
N° d'impression : 94875

ISBN : 978-2-07-055888-9